By
Kelvin Leung
吃
破
世
情
#吃出濃郁智慧
爽滑情感

作者簡介

Kelvin Leung 梁逸飛

香港著名飲食博客，撰寫網誌超過十年。2012 年起，以「YFL 生活博客」之名營運網誌及 Facebook 專頁，至今網誌瀏覽次數超過二百萬。

作者曾當過雜誌記者，又擔任過雜誌及網媒的專欄作家，多年來一直用心分享飲食、生活、旅遊等題材，藉著文字去帶出獨有的生活態度。

YFL 生活博客 by Kelvin Leung

kelvinyfl

https://yfl-kelvin.com

自序

你想要一本怎樣的飲食書？

「香港人不看書了！」

「出書好，但最緊要多圖少字，我最怕睇字呀！」

以上是某些朋友最初得知我出書時的反應，他們並非有心潑冷水，只是反映事實而已。

有人說，現今看飲食和旅遊書的人都是膚淺一族。可是，這批人卻是香港的主流讀者，君不見市面最好賣的都是什麼食買玩天書嗎？

莫講實體印刷書，網絡上有關飲食的熱門文章都不外乎是餐廳推介、最抵食自助餐、十間最正的咖啡店等等。這類文章通常多圖、少字，甚至只拍影片，大大特寫影住塊肉，還會切開來給你看清楚，等你容易明白，又易消化，基本上看的人都不需要用腦的。至於有深度的飲食文章呢，網上又不是沒有，只不過好多時不夠搶眼球吧。

請不要誤會，我並非在踩低別人，因為自己這幾年來都寫了過千篇食評，幾乎全部都可以歸納為這類膚淺文章。而且網誌中最多人瀏覽的就是自助餐和放題類別，你就當我自打嘴巴啦。從另一方面看，你又不能怪我的，鬼叫你們鍾意看這類文咩，便寫給你們看，我只不過是為網民服務而已。

可是，我卻不甘心永遠只寫同一類的食評，又不能說成是全部為了讀者那麼偉大，只是有時寫寫下都覺得悶的，且不想規限自己的創作，很想在寫作上發掘多些不同的可能性。

出書一直是我的人生目標，很久以前已想著至少要出一本屬於自己的著作。如果成世人只能出版一本書的話，我希望這本書既可以給自己放落棺材留為紀念，也可以為這個時代做一些印記。

當決定出一本以飲食為題材的書時，我心想能否寫一些跟過往不同風格的文章呢？ 於是，今次我嘗試用不同的形式去表達，飲食其實只是用作背景，書中很多文章都是借題發揮居多。例如第一章主要是想借飲食諷刺現今社會現象，第二章以飲食小故事來探討各種人際關係，最後一章則描寫自己過去和現在的飲食生活點滴。

如果你以為這本是飲食推介書的話，可能會感到失望。但是，我更加想讀者細味每一篇文章所表達的訊息，透過不同的食物和餐飲場景去思考一些社會和人生議題，或者你會從中找到自己的影子呢。

目錄

作者簡介 3

自序 4

第一章 吃出世情

當 Seafood 老了後 10
廿一世紀餐桌禮儀 14
什麼是永恆不變的飲食潮流？ 17
圍爐取暖 21
當食物完全不像你預期！ 25
伏唔伏 28
自助餐有罪 31
葡萄熟透時 36
性價比與 CP 值 40
你到底飽唔飽？ 43
歡樂時光有否歡樂？ 46
選套餐定 a la carte? 50
一分鐘都市一分鐘快餐 53
點解食飯要排隊？ 56
執笠啟示錄 59
全天都像早晨 62
素不素由你 66
挑戰配酒常規 70
錯重點 73

第二章 吃出感情

幾多溫馨燭光晚餐 78
高山與低谷 83
馬卡龍的青春殘酷物語 87
從未跟你飲過冰 93
日與夜的隨想 98
今天應該很高興 104
話頭醒尾與挑通眼眉 109
人走茶涼 113
男人與生蠔 118
手沖咖啡的韻味 122
如何跟陌生人吃出感情 127
飲茶事件薄 131
2049 點餐記 136

第三章 吃出心情

無咩事我返出去食嘢先 144
有一種味道叫做佬味 149
一人前的浪漫 154
我的舒適食物 159
有一種飯叫生日飯 164
我要食極唔肥 170
飲食與馬拉松 175
好又一餐唔好又一餐 181

#如果我们的語言是手機食先

細心觀察事物的一些細節，
或者會令這個越來越欠品味的社會
減少些庸俗吧。

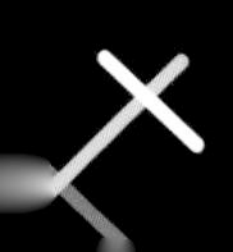

當 Seafood 老了後

老了的海鮮可以靠烹調方法和醬汁來掩蓋霉味，
人類同樣都可以經常保持新鮮度的。

Seafood(海鮮)，相信人人都喜愛，當然亦有不少人對海鮮敏感而對它避之則吉。但不要忘記，我們每人曾經都是生猛海鮮，或許都有過炙手可熱的時候，或賣到至貴的海鮮價。當正值生猛海鮮時，人們自然會對其產生極大興趣，只是當海鮮漸老之後，肉質和內在都不再鮮甜可口，而漸漸霉爛，該怎樣解救好呢？

很多人去外地旅遊，都喜歡去一些水產市場，購買及即食新鮮捕獲的海產。其實在城市裡吃到的海產，都不是即時捕獲那種，而是捕獲後立即進入冷凍過程，然後才運送出來，水產市場只是首批得到冷凍海產的地方。即是說，海鮮經過適當地冷凍，就可以延長其新鮮度，只要在冷凍庫中保存得宜，海鮮是可以保存幾個月而不變質的。

現今科技的確可以令新鮮感延長，就算買條鮮魚回家，只要做一些清洗工作及用保鮮袋包住及壓走空氣，都可以在冰格中放幾日的。

1. 香港也有不少由日本直送的水產，只要處理得宜，都可以保持新鮮度的。(灣仔碼頭築地山貴水產市場)
2. 海鮮放了一段時間後，可以用燒烤方式加上特別的醬汁，一樣可以帶出鮮嫩感覺。(西貢泰道)

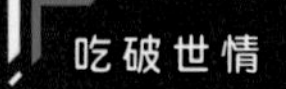

做人如做海鮮，無論怎樣冷凍，怎樣保存，都總有一天會變成「老海鮮」。不過，老了的海鮮可以靠烹調方法和醬汁來掩蓋霉味。人類也同樣都可以經常保持新鮮度的，我認為最重要的秘訣有以下幾點：

第一：保持對事物的好奇心

無論見到什麼新知舊友，都可以像第一次接觸那樣。只要細心地觀察，同一碟菜，每次都會有少少不同，那便可以讓自己覺得這次是不同的體驗。

第二：發掘一些你未接觸過的新事物

我知，你見識廣博，食鹽多於人食米嘛，世事對於你來說已經再毫無新意了。但要記住，這個世界比你想像中大得多，你不懂的東西永遠比懂的多出許多許多，只要多往外地一走，你就會明白自己其實好渺小。

第三：試著跟一些比自己年輕的人談話

透過談話，聽聽不同世代對事情的想法，如果你少玩Instagram，就試試了解一下他們怎樣玩。切忌不要常戴著長輩的面具，適當時候可以把你的經驗分享出來，而非對年輕人指指點點。

人人都會老，我就寧願做一個老頑童，都不想做一個表面受眾人尊敬，而背後卻人見人憎的「老 Seafood」。當然，通常後者會有較多金錢和權力，但這些都不是我想過的晚年生活！

這篇文看似是諷刺別人，其實我只是想警惕自己，不要把自己變成霉爛的“Old Seafood”！

廿一世紀餐桌禮儀

廿一世紀的餐桌禮儀，應該加入一項相機先食的規則，界定返怎樣拍照，及拍多久才不會令同枱的人不滿。

「相機先食」早已成為習慣，實在不是什麼新鮮話題。現在很多餐廳的侍應們都預了食客會影相，甚至會在切開之前問你是否要拍照。

作者早已習慣了相機食先，但影還影，切記尊重同枱的人，亦不要讓食物攤得太涼啊。(西環 COBO HOUSE)

對於我這類社交媒體人來說，如果送上食物卻不拍照的話，通常不是我的問題，而是食物不值得我拍。其一原因是食的東西外觀太平凡甚至太樣衰，又或是吃的只是一些經常食慣食熟的，例如一般例牌早餐、茶記、燒味等等。

如非一早預計會寫食評的晚餐，及一些公關邀請飯局，我會帶備小相機外，其餘時間都只會拿手機影相的。貪方便是一個原因，另一個重要的因由是我好怕影響到其他人。無論用手機或相機影，我都會選擇盡量快拍，盡量在半分鐘之內影完，等大家有得食。如果同枱全是傳媒及社交平台用家們還好，大家都會體諒。但假如跟至親朋友食飯時，試問對方為什麼要等你影完 360 度，拍 100 張後又再自拍呢，俾著我都覺得難忍啦。

試菜事件

又想起一個經典例子，早幾年有次去「博客試菜」飯局時，同席有位妹妹仔一句話都冇講，就將成碟食物拿去窗台一角，自己影了幾分鐘後，才放回原有的桌上，成為一時「佳話」。

另外，又不時見到一些朋友帶著大相機來拍食物，當然有不少都有很美的效果，但間中都見到有人明明大陣仗地舉大機拍攝，發佈出來的相片難睇到極點，根本不是用什麼相機的問題，而是個人品味問題。有時我心想，你不如慳返時間，用相機快拍，快點進食好過啦！

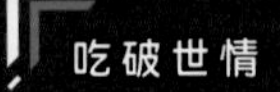

餐桌新規矩

廿一世紀的餐桌禮儀，應該加入一項相機先食的規則，界定返怎樣拍照，及拍多久才不會令同枱的人不滿。就算你認為自己是公主王子，有些說話是要講的，應該叫停就叫停，幾熟的朋友都係咁話。

總之一句，食物是煮來給人食的，而且要趁熱食，敬請盡快影完盡快食埋佢，大家開心就最好吧！

什麼是永恆不變的飲食潮流？

廚師發辦壽司餐雖然精緻動人，仍不及迴轉壽司那樣直接又豪邁奔放。

飲食跟時裝一樣，每年甚至每季都有不同的潮流，有些餐廳甚至每月都會轉餐牌，客人開心，但就辛苦員工了。轉換菜單的目的是什麼？吃時令食材吧。說穿了，其實是店主想你回頭光顧多幾次，消費多一點吧。

就由我這大叔回憶一下，粗略講講近代自己認知的餐飲潮流啦。

曾經有過的潮流

回想我細個時，即是七、八十年代的香港，那時生活比較簡單，對低下層的小朋友來說，餐廳主要就只有中餐和西餐兩大類。父母都是廣東人，自小接觸的中餐又是以粵菜為主。以前的粵菜全部是大大碟，連點心都是大大隻的。以前甚少有人讚「碟菜炒得好夠鑊氣呀」，因為鑊氣是基本的要求，點會需要經常提住。現在港人已吃慣西餐，所以連中菜都要吸收西餐的做法，就是要較細碟，要賣相夠精緻，並要少油膩。不過，近年又興復古，多了古法什麼什麼的小菜。懷舊這招是永恆不變的必殺技，幾時都合用。

西餐方面，這篇不想多談豉油西餐，反而想說說 Pizza。

Pizza(薄餅)這類意式食物，少年時想吃就要去「乞」的，每次去「乞」時，除了叫個大大塊 Pizza 外，還會拿一客成座山那麼高的沙律，當時確實是開心的。現在港人常吃的 Pizza，已不是以前來來去去那幾款咁簡單了。與其說是潮流變，不如說成是口味上的一種進步吧。

約十多年前左右，本城也興起過份子料理，即是食餐飯都要猜謎那類，明明望落是魚蛋，吃落原來是檸檬，有時都覺得幾有趣的。但是香港人咁忙，有幾多人會有那麼多精神去估你煮什麼。至於講到份子料理是藝術？普羅大眾更加識條鐵咩。所以，個人認為份子料理這潮流從來沒有在香港大紅過，只是一道春光乍現，但份子料理的技巧則早已發揚光大，擴展至每一個菜系內了。

直到八十年代尾，我都甚少吃日本菜，皆因那個年代香港的日本料理大都屬於高檔類，是明星才會常吃的。最記得童年睇過八卦週刊，有篇訪問 Do 姐鄭裕玲，她說自己食魚生食到嘔，但仍然繼續食，那就是我對魚生或刺身的第一個

1.現時在香港可以吃到各式其式的薄餅，不少還用上高級食材來做，例如加入龍蝦。(銅鑼灣 The Point)
2.三文魚刺身仍是少不免的配搭，我間中都會掛念著的。(尖沙咀立鮨)

印象。之後，我吃日本菜的歷程，就跟普羅大眾一樣，就是先狂吃三文魚，然後拖羅，再到海膽。現在，聽講三文魚刺身是「唔識食」的代表…喎，但是我間中都有食哦。

近年韓風不斷吹，的確多了吃韓國菜，但無論韓國菜幾吸引都好，始終不能成是我的喜好對象，最多只能是 One night stand 的伴侶而已。

忠於自己的選擇

說了那麼多，其實只是想說，根本不必在乎潮流這回事。「廚師發辦」壽司餐雖然精緻動人，仍不及迴轉壽司那樣直接又豪邁奔放。

我都幾欣賞那些長年一成不變的餐廳，無論什麼時候去，都會吃到同一款食物甚至同一味道，只要未執笠，十年後回去再吃，那種感覺可能依然在。可惜的是，改變的不是餐廳，而是自己。就算飲食文化永遠不變，當你自己不知不覺地改變緊時，你才發覺，你已經拋棄了某些舊有的觀念，已經不能回頭了。

舊的，就只能間中去懷念一下。

新的，又是否你所愛的呢？

圍爐取暖

身處這個小香港，其實我們全部人都在圍爐取暖中。

早幾年，網民常取笑大台劇集的大結局，套套劇通常都包含兩個活動場景：打邊爐和 BBQ。你笑還笑，但不容否認這兩個活動都是好深入民心的港式飲食習慣，試問香港地哪個未打個邊爐，未燒個嘢食呢？

先講 BBQ 這回事！

由細到大，無論在學期間，或出來工作後都好，同學或同事們都喜歡約埋去郊外燒烤。有人負責買食物，有人幫手透爐，有些就會幫別人燒，有些人則只負責食。在整個燒烤過程當中，我們都不難展現到某種群體精神和人生百態。或者是因為逃離了富壓迫感的學習或工作環境，所以在燒烤期間各人的表現都會比較放，亦較容易見到一些平時未必留意到的真性情。

一班人對住火爐在燒食物，既離不開又留不低，就唯有說說笑話，輕輕鬆鬆渡過。就算不講心事，都不會講工作事那麼掃慶。如果有這樣談工事的人跟我一同 BBQ，我會想一腳伸佢落個爐度。

1.香港現在很多自助燒烤場，有專人幫你透爐，又不用自己買食物和工具，確實比以前方便多了，但卻少了群體活動的趣味。

2.火鍋的種類和食物款式越來越多，尤其麻辣火鍋更在港開得成行成市，一邊食麻辣，一邊談的話題或許會加倍火辣。（銅鑼灣渝味曉宇重慶老火鍋）

打邊爐較為親近

打邊爐其實都是同一道理，但通常比 BBQ 更為親切。你可能會跟幾十個同學去 BBQ，中間或會夾雜很多陌生人。相反，大多數只會約十個八個人去打邊爐，最多夾一兩個朋友的男女伴來。可以一齊去吃火鍋的，應該都是較為談得來的朋友。

圍著火爐燒烤或去吃火鍋，朋友間談什麼好呢？當然會討論圍內的花生事，說一些圍內的共同語言，談論那些可能是該圍枱的人才會明白的事件，說完也不會刻意記在心的，即所謂「呢度講呢度散」，自己友開心就夠了，不必其他人認同。

自 High 的境界

網絡上常說所謂的「圍爐取暖」，其實就是以上講的現象。一班人互相誇獎，又互相諷刺，你一言我一語，局中人天天沉迷在「自 High」的境界中，局外人卻完全沒有共鳴。這種「自 High」的文化，在網絡世界就如去吃火鍋一樣，是極為尋常的事。

或許有些人會蔑視這種圍爐取暖文化，但是只要想深一層，身處現在這個小香港，其實我們全部人都在圍爐取暖中。你講緊的廣東話，討論緊的連登語言，甚至追蹤的新一代網紅、藝人，大多走不出這個香港範圍內。香港以外的人不懂理解我們的文化，連對這文化產生興趣的外人也越來越少了。香港人除了圍爐取暖外，還可以做什麼呢？

說到底，圍爐取暖都並非壞事，就算個爐很細，圍著的人越來越少都不緊要。至少我們要做的事，就是令個爐火繼續燃燒著，令爐邊的人們繼續溫暖，繼續可以沒有規限地隨便說笑，呼吸和暖而自由的空氣。

當食物完全不像你預期！

有時候，去光顧一間有期望的餐廳，都是一種賭博，贏幾多輸幾多都是整定的。

很多時去外國旅遊，尤其是去日本，相信好多人都跟我一樣，好驚訝點解端上枱的食物可以做到跟餐牌的圖片及店舖外陳列的模型一模一樣的呢。

在日本，食物做到預期效果是"common sense"，但在香港做唔到是好"make sense"，究竟是日本人過份細心，還是香港人太不在乎？

降低預期

在 Photoshop 的年代，執相易過借火，餐牌和廣告上顯示的美輪美奐食物照片，有幾成真大家都心知肚明。在香港用餐，我已經把預期降低了許多，早已不再要求放上餐桌的食物跟餐牌照片百份百相同。如果去快餐店或茶記，期望會更低一點，心想橫豎都只是求其搵東西填肚，就算擺放得不美觀，我都覺得無謂跟你計較咁多了。

換轉是一些較高級數的餐廳，要求當然要高好多。不過，餐廳都醒目的，有時會說成是個廚師性格「隨意」，所以每次都會有不同，是否美觀或是否好味，既睇個廚心情，又睇你的彩數。

公平一點，以上談論的情況，又不能只針對香港，其他地方的餐廳也會有如此不似預期。有時候，去光顧一間有期望的餐廳，都是一種賭博，贏幾多輸幾多都是整定的，而且輸完可以再賭過，你唔服輸的話，最多就俾多次機會佢囉。

有時不似預期亦不一定是壞事，這間餅店的師傅定期會創作一些「鬼馬蛋糕」，圖中這碗東西，看似是烏冬，原來是甜品，這種不似預期就會叫人很開心的。(旺角帝京餅店)

不過，飲食跟賭博或買股票一樣，都係要止蝕。一次貨不對版，兩次又係咁，就要快斬纜，買過另一隻吧。

不要失去期望

人生每天都會有不似預期的事，願望落空早已成為家常便飯。做了幾十年人，對所謂預測都有些麻木了，我有時很怕預測，因為怕失望。當沒有太大期望時，偶爾有一些達到預期效果的事發生，就會有點兒興奮的。

我亦沒有可能做到完全沒有期望，否則，為什麼還要在人世呢？當預了大部份時間會失望時，只要偶然有一次似預期，就會令人繼續有一絲期望，才不致於放棄自己。

來正面一點去看吧！

只要你不斷去追尋，總會有一天達到你的預期，那管結果只是做到 90%，你都是贏家了。

伏唔伏

把自己的中伏事張揚地寫出來，有時都需要一些勇氣。

網上食評分很多種類，有一種是專門講劣食的，亦見過有 Facebook 群組專討論「中伏」的情報。這些帖子，往往都得到好大的迴響，甚至比正經的食評更能得到網民關注。網上生態就如此，只要你肯踩一腳，就有大把人附和。如果同一間餐廳有兩篇食評，一個人話好食，另一個人話好難食，網民會偏向相信話難食那個，這是現實。其實中伏與否，又是否值得每次要公開聲討人家呢？

藉著投訴來減壓

香港人真的有好大壓力，平時在工作上受盡委屈，以為藉著食餐飯可以得到慰藉或舒緩，誰知食物質素比想像中差，便嬲到一肚氣，一般便稱為「中伏」。既然有社交平台給你機會去宣洩，於是便將自己中伏的經歷公諸於世，叫做希望其他網友注意下，同時自己都會得到人認同。

我有沒有中過伏？經常出街食飯，又點會沒有這類經歷呢。被我列入黑名單的餐廳都為數不少，全都不會有第二次光顧的機會。但是，我卻甚少在網誌上公開講自己中伏。一方面，我覺得有時光顧一間餐廳、點一樣食物，都是自己的選擇，若果遇上難頂的食物或差勁的服務，有時候我會自責，覺得是自己揀錯餐廳，或當自己那天黑仔，所以才會有不愉快的餐飲經驗。既然已經發生了，寫出來都於事無補的，因此我好多時會選擇「忍咗佢」，最多就冇下次。你話我是否好傻仔呢？

另一方面，我發覺好多網民都不會詳情睇文字，試過不只一次在社交平台明明寫著覺得好難食，網友們還是跟著圖片去按讚，完全無視我的文字描述。究竟是否一定要影到碟菜好醜樣，你才會相信好難食嗎？

隨時惹禍上身

把自己的中伏事張揚地寫出來，有時都需要一些勇氣，尤其當該餐廳是有名氣的店，或老闆是名人的話，你若果說難食，分分鐘被店主及其支持者狠狠地反擊。

你說人家的東西難食嗎？無論你有任何理據去支持，主觀的店舖老闆和廚師都可能覺得是你味蕾有問題。或是，你根本用上不同類的東西來比較，說出來後，那便顯得自己無理取鬧，甚至會被罵「唔識貨」。

心太軟是一樣幾容易中伏的甜品，尤其是當完全不流心的時候。

我並非想幫餐廳出頭，只不過想大家對餐廳公平一點，因為就算幾專業的廚師，都會有失手的時候。遇上不合意的食物，如果並非差得離譜，就不如連相都不發，什麼都不寫，慳返你的時間，最多用腳來表態，以後不再幫襯咯。

間中都有店員主動問客人是否滿意他們的食物，或要填寫問卷，我通常都樂意反映真實的意見，雖然不是個個老闆肯聽意見，至少自己說了出來，便心安理得。

中唔中伏，又豈止在飲食時遇上呢。人生好多時會遇上衰老闆、壞情人、損友。相比起遇著壞人，如果你只是吃了一件難食的菜，都總算是不幸中之大幸。

自助餐有罪

普遍香港人的環保意識依然薄弱，就算不是吃自助餐和放題，仍然可以在其他餐廳見到大嘥鬼。

非正式統計過，十個香港人之中，相信都有九個食過自助餐或者放題。用一個價錢，就可以任食多種不同類別的食物，對於精打細算的香港人來說，自助餐實在是經濟學上的偉大發明，既拯救萬民，但同時又是一隻魔鬼。

又等大叔回一回帶先！

港式自助餐的歷史

在我細個的八十年代起，家母已開始帶我去食自助餐了。最初期，我家吃不起酒店級數的貴價自助餐，就幫襯一些專做自助餐的餐廳。那時最常去的一間，就是位於銅鑼灣的「菲菲」，早就執咗，相信甚少人對此有印象。那時自助餐提供的食物，跟現在相比之下，以前的是完全不入流，既沒有生蠔和冰鎮海鮮，又沒有和牛或鵝肝，只有大量沙律、火腿、意粉、肉類等。以前未流行cupcakes，甜品都是大大件的。印象中，八十年代這樣的自助晚餐，都只是每位一百幾，以當時的生活指數來說，都算抵食的。

後來到了 90 年代，我都仍然有跟父母去食自助餐，但已升格到去四至五級酒店。那時開始有生蠔和海鮮，食物種類豐富得多了。

記得母親生前，她好幾年的生日都指明要去食自助餐，她就是喜歡見到擺滿五彩繽紛的食物，取完一碟又可以再取第二碟。對於一些並非經常可以出外用饍的老人家來說，食自助餐就活像參加一個美食嘉年華會般，像看著食物在大巡遊，怎會叫人不感到興奮呢，自助餐的出現對於她真的功德無量呀。

自助餐是否浪費？

近年來，飲食界又盛行節約，自助餐在有些食客眼中，就自然被標籤為浪費。亦有人認為真正鍾意食的人，是不會食自助餐或放題的，皆因自助餐或放題的食物好極有限，只求量而不求質。

其實，都只是供求問題，有人喜歡大件夾抵食，就會有自助餐的出現。有些人尤其一家大細有老有嫩那類，一個月都未必有一次出外食餐好的，難得間中一餐出街食飯，自助餐是一個好好的選擇，皆因可以滿足全家各人不同的口味，你有你喜歡的甜品，我有我的海鮮，大家都不用爭，幾好呀。

1. 看見琳瑯滿目的海鮮，確是令人開心不已的，這就是自助餐帶給食客的最大好處之一。（黃竹坑 LIS Café）
2. 自助餐的甜點往往擺得十分吸引，連平時不太嗜甜的人也會多吃一點。（灣仔薈景餐廳）

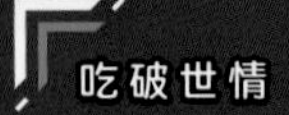

至於餘廚問題，不要把所有食自助餐的人都說成是大嘥鬼，餐廳自己有責任去控制各款食物的供應量，而食客也應該量力而為，不要一次過取太多。只可惜，普遍香港人的環保意識依然薄弱，所以，就算不是吃自助餐和放題，仍然可以在其他餐廳見到大嘥鬼。

近年很多自助餐的餐廳都增設了「All you can eat」的即點即煮環節，你需要時才去煮，這樣既減少廚餘，餐廳又可以減少擺放食物的空間。

個人的自助餐攻略

以我自己食自助餐的經驗，通常每樣食物都只先取一件，食完覺得美味的話，才再安哥取同樣的東西。

另外，我食自助餐時，會盡量少吃飯和麵等易飽的食物，留個肚來多食各樣東西，所以每次食完都只是剛剛好飽，而從來不會食滯。

我不太嗜甜品，但每次去到自助餐的地點時，也會挑選三幾款甜品來吃，或者把小蛋糕切開跟朋友分享，那就不會吃得太多。此外，平時出外晚飯時，我好少吃雪糕，只在自助餐時才吃一至兩球，吃食的時候盡量不要跟同枱的朋友去提減肥，否則就好掃慶。食甜品和雪糕都會令人開心的，食咗先算，最多第二日先去減返咯。

有時候，盡情食盡情取，確實是一個好療癒的行為，令人感覺很自由。香港人或內地人似乎都是同一類人，都缺乏在社會上的話語權，唯有在食方面放縱吧。

不過，自助餐是否可填補沒有民主的心靈空缺呢？我唯有安慰自己話可以啦！

葡萄熟透時

各有前因莫羨人，人家得到的東西都是有原因而來的，
無論是他們努力不懈而成，或是靠關係而得來，
都總是有一個因。

你喜歡葡萄嗎？這裡指的「葡萄」包含多個意思，既是名詞，又是動詞，可以是說笑，甚至可以是罪名。

葡萄或者叫提子都是經常可接觸到的水果，多水多汁，既甜美又可以酸溜溜。葡萄有很多用途，可以榨汁，又可釀酒，近年流行的葡萄籽油又適合用於較高溫的煎炒，我都喜歡用。

水果始終是要用來食的！

由細到大食提子時，我都不喜歡吐核，因為嫌麻煩，就索性連核都吞埋落肚。可能是吞得核多，滿肚滿腦儲存了種子，便種到成個人都像葡萄。

自細亦喜歡飲提子汁，最常飲的是那個家傳戶曉的「利記」提子汁。還記得小學有一段時期經常飲這牌子的提子汁，那段日子卻經常流鼻血，母親認定應該是提子汁太補而令我太燥。之後一段時間，都減少了飲這牌子提子汁，但間中仍有流鼻血。現在想記來，流鼻血未必關飲提子汁事，只是少年時身體孱弱而已，又或是那年期因自卑而太妒忌別人，葡萄得多而流鼻血呢？說笑罷了。

頗多香港人喜歡吃日本品種的水果，提子是其中一類，「巨峰提子」和「香印提子」都是受歡迎的品種，那種化不開的香甜又實在令人難以抗拒呀。

葡萄都可以放在料理上，貴價的菜單上不時會有葡萄的蹤影。我吃過一些外表像葡萄的東西，實則又是另一種食材，有著份子料理的概念，頗有趣。

當然不可不提葡萄酒吧，無論紅或白酒都好，一杯葡萄酒包含的不只是葡萄釀成的酒，還有歷史、地理甚至品味和社交等元素在內，價值往往勝過一束提子千萬倍。

何必去葡萄

既然葡萄那麼容易得到，為什麼還會有吃不到的酸葡萄呢？

正所謂「各有前因莫羨人」，人家得到的東西都是有原因而來的，無論是他們努力不懈而成，或是靠關係而得來，都總是有一個因吧。不要去羨慕，也不要去妒忌，人家有的福氣，其實你都有，只是你自己沒有留意吧。

與其葡萄別人，不如自己倒杯葡萄酒飲好過。飲酒時，嘗試讓自己豁然開朗起來，當你見到世界不是想像中那麼小時，你的選擇可以有很多，際遇可以有千億萬個可能，又何需要葡萄別人呢。

1. 這些葡萄根本不是葡萄，而是冬瓜切成葡萄狀，浸在藍莓汁內，質感仍是冬瓜的清爽，但卻有藍莓的香甜，做得非常仔細，幾可亂真。（中環龍麵館）
2. 米芝蓮星級的日本料理亦用過提子來做其中一道「水物」。（中環柏屋）

性價比與 CP 值

平或貴真的好主觀，但又貴又唔掂就並非主觀咁簡單。

相信睇慣中文食評的讀者們，都會經常見到食評家及傳媒用什麼 CP 值高、性價比高等字眼來形容菜單的價錢是否合理。看似好專業的字眼，其實是否有人會真的很認真地用計數機計出 CP 值，然後告訴你比率是多少，再總結一句：「真係好抵呀！」。好似無見過人這樣細心地計算，所謂 CP 值、性價比都是估出來的吧。

我亦用過類似的性價比和 CP 值字眼，那就無謂自打嘴巴了。但是，個人認為 CP 值、性價比等以後都是少用為妙，除非你自認計算得客觀又準確啦。

食物價錢平與貴這回事，雖然是因人而異，對我等低下層來說，香港所有每位港幣 500 元以上的套餐我都不會說很便宜，過千元的就更加難講出口。只要稍為去過外國旅遊就知，香港地食飯真的普遍貴，而且有些仲貴得好離譜。

一句抵食就簡單易明過什麼性價比高、CP 值高。
(何文田 Top Blade Steak)

貴價元凶

導致食物定價貴，租金是第一元凶，你個餐大部份的錢都去了交租，食店做得咁辛苦都是只是為業主服務。

第二大原因是服務質素，我明，我真係明，餐廳要做多兩轉客，無時間好好招呼你嘛，錯漏難免嘛，但是否真的要包容呢？香港餐廳的侍應無笑容又是否正常？還是我們習以為常吧。

如果真的要計 CP 值的話，服務、笑容、有無漏單和錯單等，又是否應該計埋落去呢？

你可以試試在食評網上寫餐廳服務態度差，然後給個劣評，我想你應該會得到兩個好極端的回應。網民最鍾意睇人PK，你寫得人地衰，實有人會和應。但另一方面，又會有人覺得你「懶巴閉，你估你係天王巨星，無嘢搵嘢來講」。

主觀定客觀？

講到底，食評人怕被人攻擊，餐廳又未必想聽真說話，只想你少罵當幫忙。我並非鼓勵大家投訴，只是想餐廳明白自己不足之處，否則，飲食界都只會淪為建制派一樣，香港怎會有進步。

再強調多一次，平或貴真的好主觀，但又貴又唔掂就並非主觀咁簡單，而是會令客人心靈受創，即係肉赤的同義詞。可惜，有些人就是過於自信，所以才會在技藝不高時先抬高個價，這就是好多餐廳的死因。

你到底飽唔飽？

當人家興高采烈地說世界幾多十大排名的餐廳有幾出色，如果你問他一句「那餐飯食得飽唔飽？」，或者人家會覺得你膚淺兼層次低。

雖然什麼幾多粒米芝蓮星的餐是有吸引力，亦也許只是一種虛榮。正如當見到賣相別緻得像藝術品時，我都會讚嘆「這個廚師真的好有創意呀！」。不過，就算幾好睇又好食，但是食得飽唔飽又是另一回事。

飽肚真的是基本的要求，試問如果你不肚餓，走進餐廳幹什麼？俾錢陪人坐呀？

貴夾唔飽的經歷

還記得很多年前，銅鑼灣有間既有得學煮食又有供應 Fine dining 的「氣油」餐廳，我就對此有好深刻的印象，因為就在此獻出了第一次，人生第一次食了餐貴夾唔飽的晚餐。當時剛剛興起用一些比個頭更大的餐碟，中間只有比個飯碗還要細的陷入處來裝食物，而盛載的食物卻只是幾口就吃得完的意粉，及一粒所謂「大蝦」，就算連餐湯都是這樣的份量。甜品仲細，得一粒半月型的雪糕或雪葩，再淋一些像芝麻粒般大小的白朱古力，這樣三至四道菜加半杯酒就叫做 Fine dining。那天晚上吃完後，回到家裡要煮碗即食麵才行。

之後興起的份子料理也是這樣地貴夾唔飽的，一眾名人食家當然都讚不絕口，名家們公開的評論好少會包括「飽肚」這個準則，但私底下他們都會投訴的。我都明白的，當人家興高采烈地說世界幾多十大排名的餐廳有幾出色，如果你問人一句「那餐飯食得飽唔飽呀？」，或者人家會覺得你膚淺兼層次低。可惜我真的屬於好低層次那類，除了要求創意和精緻外，我花那麼多錢來食一餐飯，點都要食得飽的嘛。

如果西餐主菜份量不夠大，只要添加多些麵包，就可補回不足。
(尖沙咀 Cucina)

食飽是基本要求

我其實並不抗拒貴夾唔飽的「高級藝術餐」，依然都會繼續去吃，但始終不能成為我的「常餐」，最多只能是逢場作慶，當間中見識一下大廚的手藝就夠了。

於大部份的日子，我都只不過想要一餐吃得飽飽的普通晚飯，給我氣力去繼續生活。

吃得飽是人生的基本要求，其實都不是必然擁有的，很多人要幾艱難才可以有飽飯食。今餐當你吃得飽飽時，雖然會多了個小肚腩，但無論食物質素如何都好，應該要知道自己好幸福呀。

歡樂時光有否歡樂？

因為工作上有"Unhappy"，才更需要"Happy Hour"來舒緩，
"Enjoy Life"就是解決人生苦惱後的成果。

我從來都不是那種經常夜蒲到半夜才回家的人，偶爾會在晚飯後再去酒吧飲多杯，但始終不喜歡太夜歸家，所以更多時候我寧願早一點去飲，最好在黃昏時份及晚飯前，即俗稱為"Happy Hour"（歡樂時光）時段去飲一杯，讓自己在滿腦子工作之中釋放返出來。

早收早享受

香港大部份酒吧餐廳的"Happy Hour"都設定為由大約下午五點至九點，講真，未必個個打工仔都可以享受這個時段，你估個個都可以準時六點收工咩。這個社會就是不公平，享用到歡樂時光的人其實並非有太大的工作壓力，反而真正想要歡樂時光的卻要好夜收工，哪有歡樂呢。

我覺得自己都算幾幸運，大部份時候都可以在天未黑時就離開工作崗位。記得在我廿歲頭剛剛出來做事的時候，當時是 90 年代，那時已經流行 Happy Hour 這回事。當時

1. 我並非在鼓勵一個人收工後去飲悶酒，但有時候確實有這種需要，當減壓又好，逃避現實也好，總之就是需要一段不想公事的時間。
2. 除了一個人去飲酒外，還可以約多一位朋友陪伴，一起解憂。
(1 & 2 地點：尖沙咀 Dada Bar + Lounge)

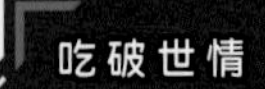

年少無知，只知道 Happy Hour 是放工去飲嘢傾偈，卻不懂何謂享受生活。那時聽一些比我年長的前輩朋友說，要「享受生活」就要學曉飲酒，以備要去應酬老闆的不時之需。但是，在我心目中的“Happy Hour”並不包括應酬老闆和上司。都已經收工了，何解仲要我跟老闆和客戶飲酒，理應把這個歡樂時光留給自己及知心好友們吧。

有一種酒叫做悶酒

Happy 的反面就是 Unhappy，有一種酒叫做「悶酒」，就是當你有事想不通時，會去飲杯酒，以期望解開心鎖。可是，單靠飲酒又點可以解決到問題呢，其實只不過想逃避問題而已。

或許，你的薪水是包含了煩惱和壓力，亦因為工作上有“Unhappy”，才更需要“Happy Hour”來舒緩，“Enjoy Life”就是解決人生苦惱後的成果。因此，如果一個十多廿歲的人說自己是 Life Enjoyer，他應該先問問自己，生活上有什麼痛苦的經歷，有什麼愁要解。如果沒有憂愁，你每日放上社交平台的所謂“Enjoy Life”帖子，除了“Show off”你有大量空餘時間或金錢外，你的“Enjoy Life”究竟對你有何特別意義呢？

到了我這種大叔年紀，雖然不敢說自己飽歷滄桑，但不愉快的經歷也多如繁星。當遇到一個美好的黃昏，又剛巧有時間，就會好想趁機會享受一下難得的歡樂時光。

就算日間幾忙都好，至少在黃昏六至八點之間，什麼都不想去做，專注地喝杯酒，適量地利用酒精令自己沉醉在熱鬧的酒吧內，都是一種很好的忘憂方法。

選套餐定 a la carte?

日頭工作已經那麼多規限，等到離開工作崗位後，何必要把自己框在一個特定套餐內呢。

在中菜酒樓選菜的時候，我習慣散點小菜。並非個個鍾意套餐，我通常只在商務飯局，或過時過節貪方便才會這樣選。至於吃西餐，身邊朋友中卻有不少人鍾意選套餐，就是因為怕點菜太煩。

不知從幾時開始，香港西餐廳的散點餐牌用字都向西方學習，用上法文名“a la carte”，即是根據菜單點菜而非點選特定套餐。男士在高級餐廳講一句：「唔該俾個 a la carte menu 我」，的確幾型，可能會令你在女伴面前攞彩。

但是，問心嗰句，你真的識得點樣選擇 a la carte，還是心中只想求其點套餐就算呢？

容易作預算

我很多時選套餐的原因，就是貪其容易預算，五佰就五佰，就算加杯酒，都是有限錢。相反，a la carte 有時是無底深潭，如果閣下不是太心水清，點下這款點下那樣，好容易食大咗，埋單前宜食粒鎮定劑，因為分分鐘會嚇破膽的。

很多餐廳都在午市供應套餐，有些在晚市卻只提供 a la carte。個人認為除了因應上班族的午間急速節奏，大部份人都沒時間逐樣點外，餐廳都了解你心中想要什麼的，心知你夜晚會想食多些，又鼓勵你消費多些，所以便收起套餐。

下班後，能夠隨意點選自己喜歡的食物，都是一種減壓方法。
(尖沙咀 Van Gogh SENSES)

慰勞自己

另一原因，就是都市人工作壓力大，放工後，無論一個人又好，成班人聚會也好，都想吃一些自己鍾意的食物，去慰勞自己，讓自己減減壓。價錢有時並非是一個主要的考慮因素，最重要是開心和感覺自由。日頭工作已經那麼多規限，等到離開工作崗位後，何必要把自己框在一個特定套餐內呢，有得自由點菜，就好好地任性一下吧。

不過，並非個個人都喜歡自由，當你看著一大本餐牌，幾十款食物，要你作出選擇，有時都會幾頭痛的。在此時，你可能會渴望吃一個特選套餐，包含了你想要的食物，讓你不用花精神去想。

或許，你需要的不是套餐，而是一個肯幫你點菜又知你想食什麼的人。如果你找到一個這樣的人，選擇套餐或 a la carte 已經不是大問題了，唯一問題是邊個埋單呢。

分鐘都市一分鐘快餐

食得快餐就預咗水準不會好到哪裡去，只不過為了充飢罷了，好味與否是次要的。

「都市彷似一個快鐘 動作太急彷像怕會落空」這首歌是由林振強填詞，林憶蓮主唱，1989 年的《一分鐘都市一分鐘戀愛》。

足足 30 年了，2019 年的香港都市人同以前一樣，依舊要行得好快。我們的午飯時間依然得一粒鐘，所以中午時份於市區都會見到人們趕趕趕，非常匆匆忙忙。

都市人無論上中下階層，一定食過快餐。但網上世界有時是好虛偽的，我知有些上等高貴識食的人頗歧視快餐，認為一定是劣食，上唔到大枱咁話喎。而且快餐文化又被冠上「不加思索」的罪名，好似寫快餐、食快餐都低人一等似的。

吃快餐只因時間有限

快餐不單止有其存在價值，而且對普羅大眾尤其上班族實在是非常之重要的。先說早餐，邊個唔想在咖啡店悠悠閒閒坐低食個豐富早餐，歎完杯咖啡先返公司呢。當然有這類人，但為數遠遠不及要買外賣趕返公司食的職員，所以快餐店是個節省時間的選擇。

到了午飯時間，大多數香港公司都只得一個鐘的“Lunch hour”，而且我認識很多朋友的公司是要午飯後準時回去工作的，最多給你幾分鐘走購。每到午飯時間，市區的餐廳便迫到爆，往往要排隊等位，然後等上菜，咁就冇咗半個小時，剩返不足 30 分鐘食飯，如果仲要買東西、去銀行等雜務要處理的話，一個鐘又點會夠用。如沒有帶飯或叫外賣，那就唯有去食快餐吧。

傳統快餐集團供應的食物都只求效率，如無出錯的話，購票後十分鐘之內應該都取到餐的。不過，快是一回事，食物質素又是另一回事。吃得鹹魚抵得渴，吃得快餐就預咗水準不會好到哪裡去，只不過為了充飢罷了，好味與否是次要的，鬼叫你窮咩。

快餐越來越貴

可惜，越窮越見鬼，現在香港快餐集團的套餐已經不算便宜了，平均一個套餐比很多茶餐廳都要貴。雖然加了的價錢是包括節省了你的時間，但又不包括服務和食物質素。難怪，很多快餐集團的 Facebook 專頁都經常見到超多「負皮」。

舊式快餐店是一代人的集體回憶，我的學生年代就會去這類快餐店或稱小食店買隻炸雞髀吃。(深水埗智多星)

市面上都有一些較為高檔的快餐，較注重食物水準，當然價錢也相對貴一些。香港人對快餐店的概念已經好根深柢固，快餐就是要平要快，如果該店是快餐形式經營，而標榜食物靚正的話，定價也不能太高，也不需要太多服務，最好有自動點餐系統，準確且穩定就算好好了。

有時候，去食個快餐，我只不過想盡快食完，然後盡快回公司做完工作，盡快放工，好讓我在晚上歎個更好的大餐吧。

因有快餐，才有空檔和閒錢去 Fine dining，兩者是可以共存的。

點解食飯要排隊？

普遍香港人對排隊等位的容忍度高得離奇，甚少見到排隊等吃拉麵的人會鼓噪。

有一個黨可能是世上最大的，叫做排隊黨。其黨員遍佈世界，非官方估計，當中又由東亞地區的人數最多。排隊黨亦有分支，排演唱會跟食肆的種族是不盡相同的。講到排隊食飯，香港人在東亞區可能名列前茅。

點解食餐飯要排隊？這個問題我由細到大都在疑問著。

港人愛排隊

記得細個時每逢週末去飲茶，就是要去酒樓排隊攞位，在特別節日時，往往要等兩個鐘或以上才可入座。可能跟童年陰影有關，長大後，我非常之厭惡排隊食飯這回事，如果只是十個以內的客人在排隊，我會願意等的，最多給自己容忍半個鐘。

當然，有時很難估計要排多久的，試過見到得幾個客人在等，以為很快便可入座，誰知最終卻要成個鐘才入到去。

自問是一個 EQ 高兼忍耐能力奇高的人，但要企一個鐘以上，又真的令我感到難忍。

難得的是，普遍香港人對排隊等位的容忍度卻高得離奇，甚少見到排隊等吃拉麵的人會鼓噪，真的有不少人可以為了吃碗拉麵甚至一杯台式奶茶而企幾個鐘的。雖然話現在有手機，可以在排隊時打機或覆 Whatsapp，又有一些排隊應用程式，但排隊於我來說，仍然是浪費緊時間。我寧願去一間可能味道次一等的餐廳輕鬆食碗麵，總好過在街上留連等入座。對於一些要排長龍才可入座的所謂人氣餐廳，我通常會等熱潮過後才考慮去試，以避開人流。如果要排長龍，俾你等到入去，食物水準稱心滿意就話好啫，萬一排完兩個鐘，出來卻換來一肚氣，你話是否值得呢。

你會為吃一碗日本名牌拉麵而排幾個鐘隊嗎？
（尖沙咀麵屋一燈）

話分兩頭，在香港食飯，我只忍到排半個鐘左右，但到外地旅遊尤其去日本，忍耐力卻會高一點。原因除了是有充裕的時間以及受到當地日本人影響外，還有一大理由是對當地食物質素的期望度高，甚少極度失望而回，所以願意等…多一陣。

容忍度高

那又好難怪香港人對排隊容忍力高的，普羅市民單在排隊輪候公屋或等「上車」這回事，都可能要等幾十年才完夢。還未計等待有真普選的時間，所以區區一兩個鐘又算什麼呢。

有時候，排隊等候都存在著一種追求夢想的心態，只需要犧牲幾個鐘時間便可以得到自己想要的東西，這樣至少讓自己在日常生活中容易達到小小的目標，都可算是一種正面的行為，亦是一種相對較容易令自己開心的方法。

執笠啟示錄

如果用餐廳來比喻愛情，有錢人大把貨在手，一見到跟伴侶有什麼不咬弦的地方，還會長期容忍你嗎？

香港地做餐飲業是件非常艱難的生意，這點係人都知。雖然話難，但始終食是生活必需的事，所以，就算成條街的時裝店全部執笠，食店都依然還在，只是店名可能不同。香港的食店就是循環不息地開完又執，執完又再開。

對於我這類網上食評人來說，不斷有新店出現也有好處，就可以不停地試新東西，然後搶飲頭啖湯，介紹給讀者。通常一些介紹熱門新餐廳的文章，其點擊率都較舊店為高的，因為大眾都有興趣知道那新店有什麼賣點，食物質素如何等等。亦有例外的，有些原本認為定會爆紅的餐廳，卻由始至終都沒有太多人搜索，執了笠也幾乎沒有人理會。

執得太快太易

凡事有兩面，有時寫一些開了一段時間的餐廳，誰知寫了沒多久之後就執了，我試過是月頭去，月中便摺埋。我自己的網誌上，就有很多已執笠的餐廳。有想過在標題上括住

「已結業」，好讓網民不用再搜來睇。但因數量實在太多，而且根本無法逐間去查是否已關門，於是唯有放棄做這舉動，就繼續放在網上，當作是自己去過該處的紀念，希望讀者們不會因此而去摸門釘吧。

或者都是土地問題，香港的餐廳平均壽命越來越短。雖然話就話一間店通常會租兩年，但捱得到兩年也並不容易。大集團都還好，可以拉上補下，蝕住做都不緊要。但小本經營的獨立店鋪就慘了，個個月都要為交租而做，到頭來，莫講話有錢賺，能夠蝕少已經當贏了。

有些老牌餐廳的招牌就如路標一樣，又彷彿是街景的一部分，如果店鋪執了，可能令整條街都變得再不一樣了。
（尖沙咀印尼餐廳）

大集團財雄勢大，理應蝕得起，但近年卻有一些幾有趣的例子，就是不只一間餐飲集團的餐廳在開店未夠一年就結業。記得幾年前，銅鑼灣有間在商廈頂樓的餐廳，由外資大財團開的，豪花過千萬裝修，設計得得極為華麗，恰似一座水族館般，但不足一年就摺埋了，彷佛當那千萬金元不是錢那樣，認真瀟灑。

相反地，我不時見過一些用心經營的小店，捱到最後一刻都未想放手，但還是始終都要宣佈「光榮結業」。

愛情尤如餐廳

如果用餐廳來比喻愛情，有錢人顯然大把貨在手，一見到跟伴侶有什麼不咬弦的地方，還會繼續長期容忍你嗎？當然就是盡快止蝕離場，然後搵另一件「品牌」去做。無錢的話，就唯有吞聲忍氣。實則上，窮的根本就是沒有條件去換畫。俗語有話「只能共患難，不能共富貴」，皆因富貴後就有更多選擇了，何用困在一間搖搖欲墜的「老店」內呢。

當你身邊的人可以跟你守著「舊舖」時，應當珍惜相處時光，因為你永遠也不知你的店何時執笠，唯有盡量去做…愛得幾多得幾多吧。

全天都像早晨

All day breakfast 並不是普通早餐或茶記常餐的價錢，要扮嘢也要付出代價。

相信大家都知道，香港現時流行的 All day breakfast(全日早餐) 的概念是來自英國，在美國及澳洲等地都流行了很多年。近年這種潮流食物吹遍了香港，現在香港好多餐廳無論是西餐或茶記，都有供應他們自己演繹的 All day breakfast，就連快餐集團都有。當中又以咖啡店最常供應此類食物，也算是比較貼近英式風格。如果在咖啡店點選一客 All day breakfast，加杯咖啡，然後在 Instagram 加個卡，吸 Like 程度應該會好過發一碗茶記常餐的餐蛋麵。

不過，亦有人認為這舉動太造作，太「偽文青」了。無論是真文青抑或偽文青，選擇吃 All day breakfast 和飲咖啡，其中一個原因都只不過想全日有陽光，全日都像活力充沛吧。

1.這間 The Flying Pan 算是較早在港供應 all day breakfast 的餐廳，中環店仲要 24 小時營業，果真是全天候早餐。(中環 The Flying Pan)
2.有些餐廳的 all day breakfast 只在週末的早午餐時段供應。(中環 Beef & Liberty)

喜歡皆因喜歡吃

我已過了偽文青的年紀，只能話自己是「文叔」，但仍然喜歡吃 All day breakfast，並非為了扮嘢，只因幾乎所有全日早餐的食物，例如煎蛋、煙肉、香腸、多士，還有英國傳統的茄汁豆，都是我非常喜愛的。有時在黃昏後，想來個較輕巧的套餐，我亦會選擇吃 All day breakfast，然後去做運動，都算是一種頗為健康的飲食習慣。

但是，All day breakfast 並不是普通早餐或茶記常餐的價錢，相反，只要是早餐的食物加大份，便可以賣出普通早餐兩至三倍的錢，要扮嘢也要付出代價的。

悠閒時間不多

早幾年都見到有餐廳標榜"All day dining"（全日晚餐），供應的是較輕盈的簡餐，主菜有沙律、三文治和意粉，全天供應，但卻賣晚餐價錢，有點兒趕客。如果午飯時間來到吃全日晚餐，試問邊個想吃完晚餐後，還要回公司開工呢？因此，這間餐廳的全日晚餐從未引起過話題，開了一段時間後就關門大吉了。

All day breakfast 雖然說是早餐，但很少香港人會在早晨時間吃，更甚的是，很多餐廳要星期六、日才供應此類餐。

說實在一點，「全日早餐」只是個夢想，我們這些打工仔哪有時間可以隨時吃早餐吧。你想要在大家的上班時間悠悠閒閒，想全天都像陽光普照的早晨，那就唯有努力工作，快些搵夠錢上岸，就可以不分晝夜都“all day breakfast”吧！

素不素由你

一些鼓吹健康飲食的人士經常說什麼食素救地球，又說養牛的碳排放量高之類的論調，敢問一句，難道養人的碳排放量會少得過牛嗎？

我雖然不是極端的食肉獸，但大部份時間都無肉不歡，只能間中吃一餐素菜。我相信自己一世人應該都不能長期茹素，人世間太多美食，真的不可能叫我放棄整個森林。不過，近年隨著年紀漸老，食素的機會算是比以前多，由以往一個月未必有一次，到了幾乎每星期總有一餐是沒有肉，其實只不過為了飲食得到平衡而已。

我認知的素食

食齋和素有什麼分別？我當然不是專家，解釋亦不能作準。以我有限的理解，傳統中國人食齋往往跟宗教有關，傳統齋菜也比較清淡，因此在舊式齋店很少見到用蛋、大蒜、韮菜等比較重味植物來做菜。相反，現代的素食店除了有蛋外，還有奶類食品。真正茹素的人士，會分得更仔細，全素的人是不會去含蛋類食物的餐廳。對於我這類平時食肉的人來說，素菜內有沒有蛋和奶都沒有所謂。

1. 原來辣椒不屬於素食禁止的辛類食物，所以有些齋舖會提供麻辣及咖哩素菜。（中環半山心齋）
2. 素菜都可以用油炸，一樣可以很惹味。（灣仔麗姐廚房）

我細個時認知的素食，就是母親煮的齋。童年時，母親有時會同我說：「我們今晚食齋！」她所指的食齋通常是指煮「羅漢齋」，即是一煲之內，除了肉外，似乎什麼都可以放進去。每年農曆新年初一及初十五，家中都會煮羅漢齋。新年時的用料會豐富一點，除了原有食慣的粉絲、豆卜、支竹、冬菇等外，還有蠔豉和髮菜等較貴的食材。雖然我們家只有四口子，母親通常每次煮羅漢齋都會煮一大煲，可以食足兩日共四餐，食完成個人並沒有感覺清心寡慾，但個口就好寡了。

細個時，對齋菜或素食的認知，還有由細食到大的「齋鹵味」，相信香港人都食過這類齋燒鵝、齋叉燒、酸齋等，真的可以當零食的。現在想起來，齋鹵味既多油，又醃過或炸過，其實一點也不健康，只是比食薯條好少少罷了。

至於出外用饍，以前一想到食齋，父母就會帶我去北角。雖然那幾間齋舖早已不在，但現時每次經過北角，都會想到食齋。到了今時今日，香港已有不少素食專門店，亦不乏新派及各國風味的素食，要吃得健康、清淡都很容易做到。

日漸強大的族群

當一個族群壯大時，就會出現一些思想極端的族人，「素族」也不例外。本來肉食和素食都是各自的選擇，肉食人去素食店不會要求食肉，但偏偏不時會聽見素食者光顧一些以肉食為主的店，卻要求店方為他們煮一些餐牌沒有的素菜。我亦見過有食客明明說自己只食素，但又要去壽司店，不吃魚生還有什麼好吃？不如齋吃白飯算喇。

聽過一些鼓吹健康飲食的人士經常說什麼食素救地球，又說什麼養牛的碳排放量高之類的論調，敢問一句，難道養人的碳排放量會少得過牛嗎？

說到底，食肉是否環保，都只不過是量的問題。我們需要的是平衡，如只能選一邊，就可能會失衡。如果全人類都食素而再沒有人食肉，又是否表示這個地球的環境會變得很美好呢？我好懷疑咯。

挑戰配酒常規

食物點樣配葡萄酒，其實跟愛情一樣，沒有標準的公式，只要你鍾意都得。

近年經常去大大小小的酒會，也出席過一些 Wine and food pairing(配酒晚餐)，算是見識過不同類別的酒如何跟食物搭配。可惜我這個人記性差，好多時都搞不清邊個酒莊、邊個年份、幾多個味覺層次之類的事，於是，我揀酒通常都是憑直覺去判斷的。

有時也會聽聽專業配酒師點樣講他們的配酒心得！以前有些專業人仕常說，最簡單的葡萄酒跟食物配搭準則，就是吃白肉配白酒，紅肉配紅酒。不過，很多時都要睇埋烹煮方法，以及用的醬汁才可確定。

打破既有原則

飲酒既不能一本通書睇到老，亦要加點叛逆性格。身邊就有不只一位朋友從來只喜愛白酒，無論吃什麼都要選白而棄紅，就算吃牛扒都會選擇白酒。你可以說他們唔識食，但他們偏偏就是鍾意這樣配。味道唔夾？他自己覺得夾就得咯。

1. 白酒配海鮮似乎是配酒的既定常識吧。(灣仔萬麗咖啡室)
2. 魚肉理應配白酒的，但加了醬汁後，令魚的味道變得濃郁起來，於是配紅或白酒都合適。(旺角Lion Rock)

有時在配酒宴上會遇見到一些“Think outside the box”的配酒師，他們偏偏不喜歡循規蹈矩，硬是要配出新花樣。雖然配出來的效果未必人人認同，但我會由衷地欣賞他們的勇氣。

沒有標準公式

食物配葡萄酒，其實跟愛情一樣，沒有標準的公式，高矮肥瘦、男男女女、年紀大或細，只要你鍾意都得。

記住，千萬不要因為別人說不合襯而轉為選擇別人心目中的公式。感覺是好個人的，自己試過覺得好食好飲，就可以因應自己的喜好而繼續去做吧。人一生物一世，何必要理別人點睇呢。

我個人就紅白酒都啱，吃牛扒仍偏向飲紅酒比較多，但同時亦不屑那種既定的配搭方式，所以好欣賞一些對自己喜好抱堅定態度的人。

如果你是一個只飲白酒的人，下次如果在扒房碰見我時，記住不要遷就我，一齊乾一杯吧。

錯重點

大家都想在社交媒體上擦存在感，
就算明知提出的重點是亂噏，也要說出來。

經常上社交媒體的你，一定見過類似以下的情況：

朋友 A 結婚當日，明明一對新人才是照片的主角，朋友們卻偏要留意合照親友們的打扮，甚至是背景幾隻錯字。

朋友 B 拿著當晚自己煮的菜自拍，有朋友卻在 Facebook 留言說「做乜在屋企都要化住妝煮飯」。

「錯重點」已經成為生活尋常事，就算出外用餐時，自己很多時候都有意無意間捉錯用神。

例如，明明主菜是阿拉斯加蟹腳，但餐廳卻說這道菜用上沖繩海鹽，令你注意力立即又被引導到原本不應是主角的調味料上。究竟是餐廳放錯了重點？定還是隻蟹腳本身平平無奇，所以才引導你去注視其他地方呢？

「錯重點」又跟「九唔搭八」不同，至少人家不是生安白造，而是真的有其他特點給人見到。所以，當有人只重視配菜，而忽略主菜時，你不能怪罪別人，只好問點解主菜唔夠吸引。

為博網民歡心

在現今的網絡世界上，很多人是專登錯重點的。有些人總是喜歡發掘一些人家看不見而又實際出現的事物來討論，然後爭取成為「神回應」。大家都想在社交媒體上擦存在感，就算明知提出的重點只是亂噏廿四，也要說出來，好像勢必要其他人忘記本應的主角那樣似的。

再說，現今是一個配角比主角更易爆紅的年代，懶理你是三四五六線，一句對白已經足以令你在網上紅起來。網民就是喜歡騎呢人多過正常人，正正經經唱歌演戲又如何呢，風頭往往都不及一位頻頻「蝦碌」的人。高質長文不及一些所謂網絡金句那樣多 Hit rate，身為寫作人，我有時都會對此感到氣餒。

在這道「龍井熏太爺雞」中你先看到雞定茶葉？我卻被那個砂壺吸引住，是我錯了重點嗎？(尖沙咀六公館)

情有可原的錯

另一方面，有時錯重點不但情有可原，而且還是應該做的。如果你阿媽或者另一半辛辛苦苦地煮了一道菜給你，但一點也不好吃，你會照直指出？還是往其他重點著手，以避開事實的真相呢？

批評好容易，但只要切身處地去想人家的情況，你便會領略到人家的難處。尊重別人的心機，有時比講中 Point 叫人來得舒服。

這篇文章的重點又是什麼？其實是沒有重點的，只是想大家的眼球不要只望著你覺得有趣的事，學習欣賞一些用心的人，細心觀察事物的一些細節，或者會令這個越來越欠品味的社會減少些庸俗吧。

第二章

吃出感情

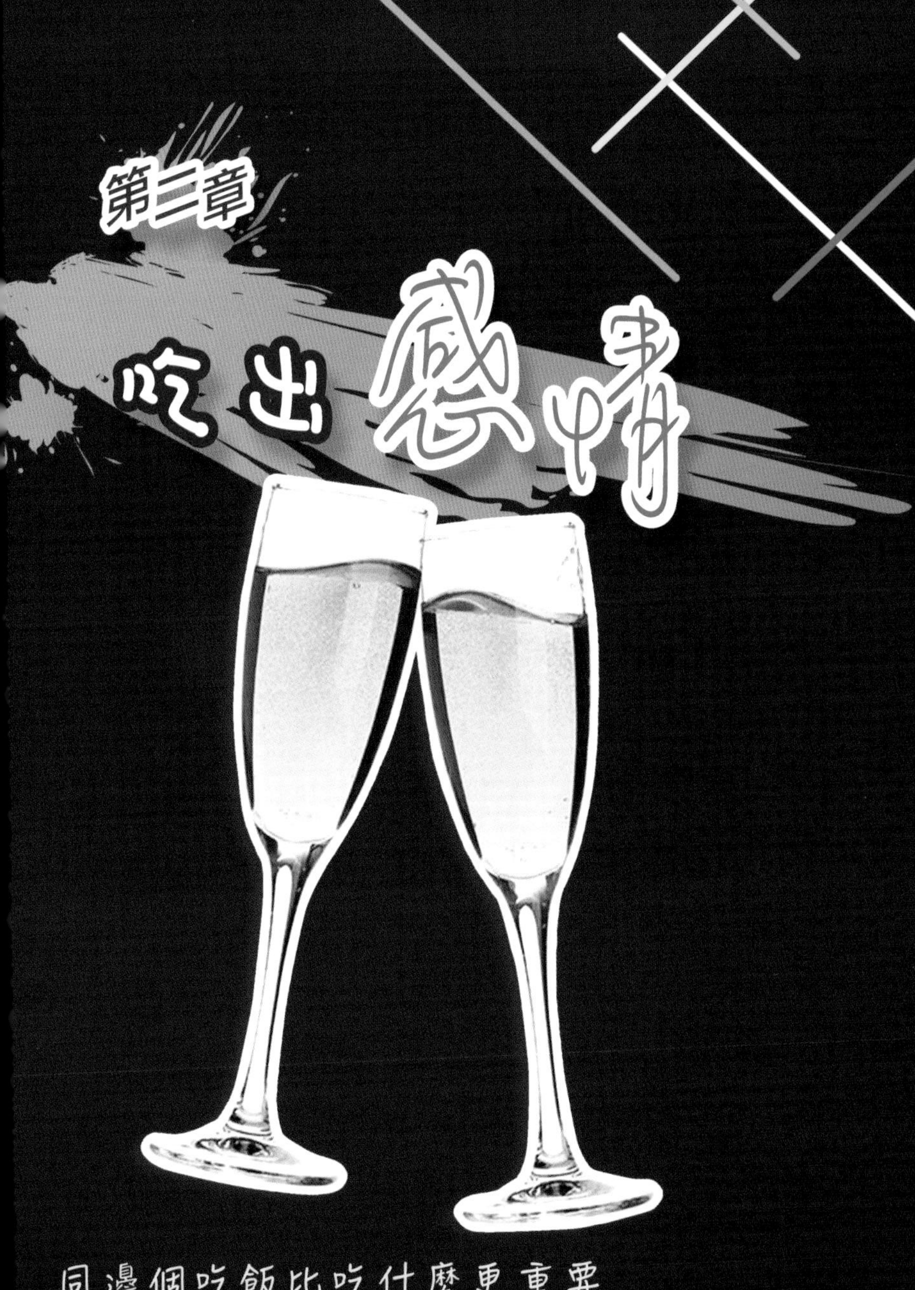

同邊個吃飯比吃什麼更重要，
人生苦短，何必花太多時間和心機
在一些跟你沒交流的人身上呢。

幾多溫馨燭光晚餐

點解會有人鍾意摸黑地吃飯，
既看不清對方的臉，拍出來的相片也是黑麻麻的。

很久沒有見她真人，這位曾經和我做過五年同事的女子，當年共事時我們真的非常投契，私底下是可以傾心事的朋友。自從大家分別轉換了工作環境後，都各有各忙，好難才約得到出來食飯，只能在社交平台上互看對方的消息。

「喂，我們至少兩年沒有聚了，幾時得閒出來食餐飯呀？」她在 WhatsApp 語音留言上的聲音聽起來很跳脫似的。

「好呀，隨時奉陪，你想去邊度食？」我說。

「中環有間新開的扒房，我好想試，不如下星期二一齊去吧！」

她指的這間新店，我記得以前是一間很傳統的西餐廳，燈光很昏暗那種，很多情侶在此吃過燭光晚餐。該餐廳營運了許多年，直至今年初才結業，新店仍舊是賣牛扒，並重新裝修過。內部燈飾亦調光了許多，每張枱的蠟燭換上了 LED 燈座，好像是想把舊店的印象完全抹掉去似的。

以往長髮披肩的她，去年忽然剪短了，今晚見她，頓覺連身型都清減了許多。

「兩位想點什麼？」年輕侍應也沒有舊店那樣的拘謹。

「西冷牛扒，要 Medium rare，加一杯紅酒！」她想也不用想就選定了。

我也叫了一樣的牛扒，要五成熟。

「我以前經常來這位置的舊店，跟我的 ex 一齊的時候。」

她指的前度亦是跟我們一齊共事那間公司的舊同事，他們拍了五年拖，直到去年才分手。

「第一次來該店是我生日，我跟他在此吃過燭光晚餐，現在想起來有點好笑，點解會有人鍾意摸黑地吃飯，既看不清對方的臉，拍出來的相片也是黑麻麻的。」她開始說起往事來。

1.我早已習慣了吃牛扒叫 Medium Rare(四成熟)，就吃到肉汁四溢的滋味。(中環 Westwood Carvery)
2.舊式西餐廳會在桌上放燭光燈座，入夜後才點上。(中環 Jimmy's Kitchen)

「有一次，我偷偷地望見他買了一件類似飾物的禮物盒，還以為他會在此餐廳向我求婚，誰知是我撲了個空，他說是幫家姐買的嗝！」

「你真的相信嗎？」我聽來都有點懷疑。

「當時反正我就信了！」她笑著說。

「後來都來過同一間餐廳幾次，或者，每對情侶都是這樣吧。日子久了，大家用餐時都相對無言，有時都會爭吵幾句，然後冷戰，人家可能以為這兩人是搭枱的。」她冷笑起來。

「有一次，我發現他經常跟另一個女人 Whatsapp，他推說是談公事，第六感告訴我，這個男人已經變了心。」

我沉默地聽著。

「之後幾個月，我們連電話都很少傾，只維持一星期吃一次晚餐，連愛都沒有做。」她真的很坦率。

「是我主動講分手的，當晚是我生日，我們又在同一間扒房慶祝，我以前吃牛扒要至少煮到七成熟，不能接受太生的牛肉，當晚我卻點了 Medium rare，是想體驗一下那種血淋淋的感覺，點知一吃便愛上了，之後每次都非要 Medium rare 不可。」

「他是一個好優柔寡斷的男人，幸好我當時吃了生牛扒壯膽，便豁然地提分手，否則，他不知會拖拖拉拉到幾時。」

「現在過得好嗎？」我說。

「我好好，還在享受單身，都慶幸自己曾經有過浪漫燭光晚餐，現在就不需要昏暗的燈光喇，反而喜歡好似這間新店那樣，燈光柔和，氣氛又輕鬆，還不是更舒服嗎？」

吃著充滿肉汁的半生牛扒，看著眼前這位瀟灑又從容的老朋友，我不感到唏噓，她反而帶給我一份樂觀。

燭光晚餐無錯是浪漫的象徵，但並不是永恆，燭光始終會熄滅，曾經有過就算了。到了某個年紀後，我都寧願要光光猛猛地談天說地，總好過在漆黑環境下相對無言。

如果「浪漫」這兩字對你來說是種傷痛的話，就只記住晚餐食過什麼，讓浪漫部份埋藏在記憶深處吧。

高山與低谷

縱使兩人平時吃的東西不相近，但是當你肚餓時，怎樣離地的食物其實都只不過是填肚的工具而已。

阿 Lee 與阿 Dee，一個是高薪厚職的富二代，另一個是月入大約萬五的普通打工仔。兩人原本並不相識，無論工作和生活上，都沒有交差點。不過，社交網絡卻令他們連在一起。

Lee 愛旅遊，又喜歡飲食，每個月至少會飛往外地一次，一年至少搭兩次長途機，當然大多數都是坐俗稱「B 仔」的 Business class 啦。

Lee 有個「集郵」嗜好，就是集米芝蓮星級餐廳的郵，無論歐洲、日本或香港的星，都會有興趣試。歷年來，已集過超過一百粒星，吃完更會把米芝蓮飲食體驗分享到社交平台上，還開設了個人專頁，都累積了不少粉絲的。

Dee 也是飲食博客，並不太熱衷去外地，十年都唔去一次日本，反而偏好香港本地的美食。幾年間，寫了超過數千篇食評，寫的都不是什麼貴價餐，以大眾化為主，說自己是麵控喎，最喜歡食車仔麵和日式拉麵。

Lee 跟 Dee 原本並不認識對方，也沒有在試食活動上碰過面，因為 Lee 根本不屑去吃那些免費餐，但 Dee 卻頗為活躍於飲食圈內的公關活動，因只免費嘛，賺餐晚飯都好呀。

香港的飲食圈好細，兩人雖不認識，卻有不少相同朋友，即是 Facebook 上的所謂 Mutual friends。某日，有位朋友開了個飲食群組，將所有愛飲愛食的朋友也加了進去，Lee 和 Dee 又自動變為成員了。

滑溜的拖羅手握壽司，除了可以溶化食客的味蕾外，亦足以溶掉彼此的距離。(上環志魂)

漸漸地，兩人都活躍於該群組內，不時各自發佈飲食帖子，Lee 的內容固然離不開米芝蓮星級餐廳體驗，Dee 則主打本地平靚正推介。本應相安無事，後來卻開始有火花。Lee 的帖文有時會被包括 Dee 在內的一班網民留言挖苦，說Lee只為追星而吃，全為炫耀，沒有個人主見。另一邊廂，Lee 亦會反擊，公開笑 Dee 成日發些劣食相。Dee 雖然口裡說別人離地，心裡不知幾羨慕 Lee 可以吃那麼多米芝蓮餐廳。

群組開了約一年，正值年尾，Dee 剛剛收到公司出的花紅，便決定攞幾千元出來吃一頓米芝蓮星級壽司，絕對是人生中最豪的一次。當晚 Dee 一個人去「摘星」，竟然遇見了第 n 次光顧該餐廳的 Lee，亦是獨個兒來。兩人其實一早就追蹤緊對方的 Instagram，只不過從未按個讚，卻暗地裡在查看對方的生活，所以一眼就認得出對方。

你以為在網上對罵的人，碰到面就一定大打出手嗎？咁你就錯了，網絡跟現實往往是完全兩個世界，莫講話仇家見到面最多是沉默或當對方透明，就算在網上幾 friend 的人，好多時出來見面都沒有傷傾的。今次卻出乎意料地，Lee 跟 Dee 像一見如故那樣，非但沒有怒視對方，卻不時在互相偷望著。最終，就在師傅切金目鯛刺身的時候，兩人的眼神接通了。

餐廳當晚人客並不多，同坐在廚師枱的 Lee 和 Dee 相距只有不足十米，中間又沒有其他客人坐著。吃完六貫壽司後，Dee 決定打斷這十米的距離，鼓起最大的勇氣，走去 Lee 那邊打個招呼，Lee 又竟然禮貌地回應。Dee 打蛇隨棍上，趁機請教 Lee 吃「廚師發辦」的經驗，兩人開始講食經，不知傾得幾咁投契。

雖然兩人都覺得該晚的米芝蓮壽司餐很有水準，但同樣覺得食完都唔飽，Dee 建議一齊去食宵夜，於是揀了間大排檔，兩人飲住啤酒食炒蜆。之後…

一夜之間，兩人一同經歷高山低谷，離完地再落地。兩個生活南轅北轍的人，藉著飲食找到共通點，終於可以在地平線上相遇。縱使兩人平時吃的東西不相近，但是當你肚餓時，怎樣離地的食物其實都只不過是填肚的工具而已。

人人偶爾都可以轉換生活方式，只要找個中間點來遷就對方，高山和低谷便有團聚的時候。

馬卡龍的青春殘酷物語

馬卡龍都有賞味限期，過氣後就會失去脆感，正如當青春耗盡後，就只剩底一副驅殼和一大串回憶。

馬卡龍 (Macaron) 這法式經典甜點，早幾年曾經在香港興起過一段日子，但熱潮卻來得快又去得快，好幾間源自法國的名店都已在港消聲匿跡了。我懷疑不只香港女士，連新一代的法國女士都未必會瘋狂喜愛吃馬卡龍。這粒小圓餅可能代表著舊年代的優雅女人，隨著青春流逝，她們的豔光也漸漸褪色。

這天下午來到一間有售賣馬卡龍的法式咖啡店，只為喝杯熱朱古力。

當時店內有一位身型肥胖的侍應，她年約四十，由我步入店門開始，她的眼神一直沒有離開過我的身上。

我剛坐低後，女人飛快地走過來，我便馬上決定落單。

「唔該，一杯熱朱古力。」

「你認唔認得我呀？」女侍應說。

如果她不開口，我完全認不出眼前這位女侍應，就是當年的中學同學，大大話話都有成廿年沒有聯絡了。

「哦，好久不見，點呀你。」我想說差點認不出是你，但望見她現在的外表，怕以為我揶揄她，於是便收起這句。

「我這幾年都是做 Waitress，去年起在這間 Café 工作。嗯，幫你落單先。」

「嗯，你如果並不趕住走的話，可否等我一個鐘，我就快落班，不如陪你坐坐聚下舊吖。」她續說。

我當日並沒有其他地方要去，而且實在好難得碰見這位久違了的朋友，於是便喝著熱朱古力來等她。

有熱朱古力暖肚後，久遠的中學年代記憶又再重現起來。記得當年的她是一位樣子像粒馬卡龍般甜美的女生，未算很瘦削，但肯定跟個胖字扯不上關係。她外表看來有點兒高傲，跟同班大部份女生都並不投契，可能見我怕怕羞羞的，反而喜歡跟我說話。後來聽說她會考成績麻麻，上不到大學便乾脆出來工作養家。不久後，認識了一位富有且年紀大她接近一倍的男人，從此漸漸跟我疏遠了，及後更失去聯絡。

大約一小時後，只見她把制服換掉，穿著普通的便服來到我面前坐下。

「這店的馬卡龍還算可以的，不如點幾件，我請。」她說。

「多謝先，老朋友不用客氣呀。」我說。

她拿起一件玫瑰味的馬卡龍，吃後，便隨隨說起以往十多年的往事。

「你和其他同學可能都見過我跟他在一起，他年紀比我老爸還要大，因為姓唐，我喜歡叫他做 Sugar。」

我默默地聽她說那位 Sugar Daddy（乾爹）的故事。

「Sugar 對我好好啊，他帶我去過好多次歐洲，我始終最愛巴黎，因為鍾意吃那兒的甜點咯。香港吃不到真正好吃的馬卡龍，只有法國的才是正宗。」

「聽起來，你那時似乎不用工作，只管週圍去。」我說。

「對呀，我跟他在一起時，什麼都 不用做，平日就只管去扮靚，去吃下午茶，然後等他回家。」

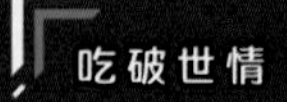

「就這樣地過了十幾年咯，都是自己衰任性，成日發他脾氣，講了幾次分手後，他就真的飛了我。」她說時又吃著第二件馬卡龍。

「唉，你地男人就好喇，他現時都五十幾歲了，都可以 Keep 到好有魅力的外表，加上又有錢，飛甩我後，好快又包過另一件青春少艾。而我呢，和他分手時已經三十幾了，搞到自己又肥又殘，又沒有學識和工作經驗，最叻就是吃法國菜，所以唯有走去做 Waitress 咯。」

我聽時亦在拿起一件馬卡龍吃，沉默著。

「就是這樣，過了近半世，你會唔會睇唔起我這種人呀？」她說。

「傻啦，點會呢。」我說。

我真心沒有鄙視她，當我過去好多年來被迫困在辦公室埋首苦幹時，她卻在歐洲吃甜品，廿年前已吃過最好的馬卡龍，喝過最甜美的朱古力，她的見識確實比我多。如果有得揀，我都不知幾想被人包養，真心的。

用青春去換取自由，可能有人會覺得她像隻囚鳥，但細想起來她應該會不枉此生的。可是，馬卡龍都有賞味限期，

1.源自法國的咖啡店，一杯熱朱古力，灑上一層可可粉後，令其更添朱古力香氣。(金鐘 Dalloyau)
2.馬卡龍是屬於女士，更屬於舊年代高貴的淑女，但現在早已普及化，像降尊紆貴般。(尖沙咀 Passion by Gerard Dubois on Mody Road)

過氣後就會失去脆感。正如當青春耗盡後，就只剩底一副軀殼和一大串回憶，然後唯有不斷回帶不斷回味，這樣又怎會走得出美好回憶的房間呢。

臨走時，我沒有對她說什麼，只說一些「得閒會再來探你」之類的客套說話。但是，走了後，反而想勉勵這位舊友。過去就由它過去吧，既然你曾經有機會看盡這個花花世界，何不將此回憶化作智慧，說不定會幫你打出另一片天空呢。

從未跟你飲過冰

正因為有太多事情想一起完成，
我們才因此太希罕繼續相戀。

「西多士，加一杯紅豆冰，少冰唔該。」當了多年的老Sales，他這天穿著西裝打著呔來到灣仔這間冰室。

如果不是炎熱到汗流浹背，他都盡量不喝凍飲，就算真的忍不到要叫杯凍咖啡，都要求少冰甚至走冰的。

喝著紅豆冰，他忽然想起最初認識她的情境。

應該是大約八年前，他在健身中心邂逅她。當年的他身型有少少肥，來健身中心就是單純地為了減磅，後來加多了一個原因，就是追女仔。

那個她當年已是瑜珈導師，並奉行健康飲食生活，不單止不喝凍飲，亦不加冰，大多數時間只飲果汁，低糖兼冷壓那種，甚少沾上油炸類食物。她的擇偶條件也要對方注重健康，身型不能太胖。

自認識她後，他幾乎每天都去健身中心，借意上瑜珈班，以便親近她。經過大半年的努力，他少了個肚腩，卻多了個瑜珈導師女朋友。

對於喝紅豆冰這類高卡路里的凍飲，他每次都會瞞住女友偷偷地去飲。而在跟她一起的時候，大多數時間他都只會喝果汁或檸水。

在拍拖七周年的前幾天，他忽然提出想去一個地方，並要帶她一起去。

「為什麼山長水遠帶我來這間冰室呀？」突然間，對眼前的男人，和身處七十年代格局的環境，她實在感到非常陌生。

「唔該兩杯紅豆冰，兩件咖哩角。」他二話不說便替她點了餐。

「我同你都唔飲冰的，點解要叫兩杯紅豆冰，仲要叫埋些咁熱氣的食物啊？」

「這間冰室開咗幾十年，我細個時經常來，記得小學時返上午班，那時候爸爸要返夜更，他早上收工後回家睡覺，午後就會帶我來冰室吃下午茶。」他娓娓道來童年跟父親相處的事。

「很少跟你提起我老竇，小時候跟他都幾親近的，但長大後跟他的關係變得不太咬弦，當他離世後，有些時候卻掛念著他。」他稍作停頓，用匙羹淹起紅豆來吃，然後續說。

「最近想起來，才發覺原來從來未試過跟你一齊飲冰，其實我心目中有個想跟你一齊去做的 Checklist，想逐樣逐樣追回，去冰室飲冰是其中一樣，聽落好似平時返工追數咁，今日終於完成了一單，目的只希望你更了解我的過去。」

「唔…我記得同你都有去過冰室，銅鑼灣那間呢。」

「那間只是用上冰室概念，根本同茶記無分別，這裡才有我的記憶嘛。」

「嗱，紅豆冰好高卡的，只此一次好啦。」

他連忙點頭答應，心想「傻婆，又俾我呃到了。」

「話時話，你個 Checklist 上仲有些什麼地方要一齊去，可否俾我睇睇？」

「唔睇得，下一次不如由你作主，帶我去一個你細個時去過的地方好嗎？」

1. 這間冰室開業超過五十年，就像一間活化的博物館般，留住香港屋邨的舊年華。(香港仔華富邨銀都冰室)

一間簡陋的冰室，一杯紅豆冰，都可以成為維繫感情的方法。正因為有太多項目想一起完成，我們才因此太希罕繼續相戀。如果兩人已經沒有共同目標，又再沒有想一齊去的地方，那還有繼續在一起的理由嗎？

日與夜的隨想

可能我們從來沒有真正關心過社交平台上追蹤的人，
更可能根本不當關注的是人，
只當是一堆可供給你娛樂的帳號而已。

曾經聽過一些玩 IG (Instagram) 的高手說，某些特定時間出 Post 會比較多人按讚及留言的。對於我來說，社交平台只不過是一種分享工具，不要對它太認真比較好。有時候，即興起上來，可以即拍即分享。但更多時候，我會先拍好照片，儲存在手機上，等待好心情，或機緣巧合時才發佈。一張照片是否能夠在 IG 面世，就好比在街上偶遇到朋友一樣，都要講求緣份的。

很多 IG 上的食家帳號都沒有用樣子作頭像，hkfoodieyummy 也是其中一個例子。追蹤帳號好幾年了，從來都只見有食物相，而不見人樣，甚至連是男或女都不清楚，只可肯定是一位很喜歡週圍去覓食的人。

「你這個抹茶卷好似好好味，我今天都剛巧去過這店，可是見你唔到。」hkfoodieyummy 在我的 IG 抹茶卷相片上留言。

「回覆：@hkfoodieyummy 我是早幾日去食的。」

「回覆：@kelvinyfl 你幾時會再去，下次可以一齊食啊。」

「回覆：@hkfoodieyummy 我都有打算再去，應該下星期五晚可以再去食過。」

「回覆：@kelvinyfl 好呀，希望到時見到你啦。」

我們的對話全都只在 IG 內，從未在其他地方聊過，更沒有想過交換電話號碼。

我很喜歡喝抹茶，及吃抹茶相關的食物，而且京都又是我最喜愛的日本城市，的確很有興趣跟同樣喜歡京都和抹茶的朋友見見面，一齊傾傾食經。

來到星期五，一切感覺很順利，提早完成好工作，便決定早點到達那間源自日本的抹茶店。

來到時才是下午五時許，曾經要排長龍的日本抹茶店現在卻大把空位，原本喜歡吃抹茶甜品的抹茶控們，可能早已改了口味吃 Pancake 或台式茶飲也未定，只是我仍然較喜愛抹茶。

我依然都沒有問 hkfoodieyummy 攞電話，也沒有約實時間，總之就說自己今日黃昏後會去。

因為我有時會在 IG 上發自己頭像的相片，自問樣子都屬於好容易被人一眼認得出那種，所以從不擔心社交平台上的朋友會認不到我。

點了一客抹茶冷麵，又叫了杯玉露，此時已是差不多入夜了。

突然收到 hkfoodieyummy 在 IG 上的私信：「Hi kelvinyfl, 我已在店內了，怎麼不見你？」

「回覆：@hkfoodieyummy 我五點多就到達，依家還在店內飲抹茶，你有否見到一名留著鬍鬚的大叔一個人坐著呢？」

「回覆：@kelvinyfl 見唔到喎，你是否在金鐘？」

「回覆：@hkfoodieyummy 金鐘？我在尖沙咀，上次我都在這邊。」

「回覆：@kelvinyfl 唔係喎，你上次張相明明係 tag 金鐘這間店的。」

「回覆：@hkfoodieyummy Oh no ！原來我一直都擺烏龍 tag 錯地點，真係對唔住呀。」

「回覆：@kelvinyfl 唔緊要，下次再約過，我們今晚就各自在尖沙咀及金鐘飲抹茶吧。」

「回覆：@hkfoodieyummy 嗯，我今天試了個冷麵，麵條十分爽滑，可以一試的。」

「回覆：@kelvinyfl 金鐘這分店沒有麵食的，我就計劃去京都食。」

大約一個月後，hkfoodieyummy 真的去了京都吃抹茶，還去過大阪。在同一天於 IG 連續發了幾張大阪相片和動態後，第二天，大阪發生大地震，聽說有多人死亡及失蹤。從那天起，hkfoodieyummy 的 IG 便一直再沒有更新，連我慰問的訊息，也沒有顯示查看過。

想起一首很喜歡的歌曲《日與夜》，第一句歌詞就是:「與你約錯終點 命運都改編」。

如果當日我們有見過面，或許會再相約下次一起再去飲抹茶。又或許，會為了各自對事物的睇法有異而從此 unfollow 對方也未定，世事又怎能預料呢。

抹茶 # 美食 # 小確幸 # 與你約錯終點

1. 抹茶冷麵配一杯抹茶，再加抹茶雪糕，應該可以滿足到抹茶粉絲們的需要吧。(尖沙咀宇治園)
2. 抹茶蕨餅煙韌而像果凍般的質感，確是令人愛不釋手。(尖沙咀中村藤吉)

就算現今社交網絡如何四通八達，能否跟一個人見面，有時都要看天意。

又或者，歸根究底，可能只是我們從來沒有真正關心過社交平台上追蹤的人，更可能根本不當關注的是人，只當是一堆可供給你娛樂的帳號而已。

今天應該很高興

人生所謂的成功與失敗，其實都只不過是社會既定的標準而已，何必將此放得太大，做人點解唔可以簡單些呢？

他跟她一起已經十三個年頭，這晚就是他們共同渡過的第十三個平安夜。

聖誕節前夕，兩人都各自放半天假，女人直接回家休息，男人則往超市購買食物準備平安夜晚餐。

「我返嚟啦，今日超市好多人，幸好還有壽司便當，二百元有找，算係抵啦。」男人的語調並不特別興奮，反而有點過於平淡地說。

「好在我一早已經買了急凍羊架，現在解凍中，今晚可以煮香草煎羊架了。」女人在廚房內，一邊忙著處理肉類，一邊在說。

兩人自相識以來，每年平安夜都在外面吃，今年才首次在家中渡過，原因好簡單，就是經濟問題。

「哎，老婆，醃好羊架後，出來坐坐吧。」男人一回來，放好壽司後，已急不及待地攤在梳化上休息。

「好呀，等我洗洗手先啦。」女人說。

兩人一年忙到晚，很久沒有試過一起這樣悠閒地呆在家。

「計落我們欠銀行的債，要多六個月就還清了，相信下年聖誕節會比較鬆動，希望可以去個旅行喇。」男人收起擔憂，極力表現出樂觀的樣子。

「無所謂，我們以前都試過在外地慶祝聖誕啦，記得同你第一年拍拖，第一次外遊已經是聖誕節了，你記唔記得那年去邊度呀？」女人反而比較坦然。

「台北嘛，那年平安夜好似食過天婦羅，對嗎？」

「食天婦羅那次是東京，台北聖誕節是食西餐呀，咁都記錯。」都是女人記性比較好，發生久遠的事都記得很仔細。

「對了對了，忽然又想起來，我們以前聖誕節一齊去過的餐廳，似乎大部份都執咗笠了。」

「灣仔那間扒房還在呀。」

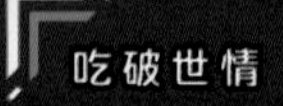

提起那間扒房，男人便想起一些關於聖誕大餐的往事。

「那間扒房確實帶給我很多回憶，不止跟你，我細個時都跟父母去過那裡食聖誕大餐，當年的聖誕大餐有成十道菜，仲有小禮物送，真的很討人歡喜的。不過，我最喜歡的扒房並非這間，而是在灣仔那一間，但卻執咗好多年了。有時我在想，是否應該記住以前的美好，還是乾脆忘記它，讓自己 Move forward 呢？」

「我都明白有些事並不能話忘記就忘記，以前美好過就記住吧，只要唔好再犯同樣的錯誤，將來一定可以有更美好的事，我深信。」女人說著時，面帶堅定的微笑，她一直都很堅強，或者叫做苦中作樂，令自己不致活得太辛苦。

「唉，有時我都幾羨慕你可以咁樂觀，想法咁簡單，我是否也應該把要求降低些少，令自己好過一點呢？」男人唉聲嘆氣起來。

「對呀，人生所謂的成功與失敗，其實都只不過是社會既定的標準而已，何必將此放得太大，做人點解唔可以簡單些？」

「我在學習中，給我一些時間吧，一定做得到的。」男人拖著女人的手，一切盡在不言中。

1.「紅酒汁煎羊架」，汁料用上一杯紅酒，及適量香草外，還有炒香的紅洋蔥。(圖為作者自家製的作品)
2.舊時的聖誕大餐真的有八至十道菜，現在因應時代需要，大部份只有三至四道。(灣仔波士頓餐廳)

「嗯，是時候去煮羊架了，你幫我開支紅酒啦，會用一杯份量來煮羊架，剩下的就今晚飲乾吧。」

晚飯吃什麼，節日怎樣過，從來都是很個人的事，不必跟其他人比較。但是，無論有多少錢，或有冇人在你身邊，到了大時大節都應該要很高興的。

聖誕節後就是新年，何不暫時拋下煩惱，去為自己許個新年願望呢。雖然願望不一定會成真，但人們總是希望等待下一次機會，一次令自己重登高峰的機會。

請放膽去許願吧，可能下次就到你中獎，你又點知唔會呢。

話頭醒尾與挑通眼眉

挑通眼眉跟吐魚骨這兩種技能其實並非天生的本領，
可以透過個人經驗而逐步練成的。

由細到大從來沒有人讚過我話頭醒尾，反而經常被人話：「你都唔夠醒目嘅」。我認，我係蠢，但是蠢還蠢，是否一定要訓練到自己話頭醒尾，才是公認的成功人士呢？

餐桌上的話頭醒尾

以前我會相信並期望自己可以做到話頭醒尾，現在卻覺得並無必要追求這個無謂的標準，況且很多時根本不是自己的問題，而是對方本身的溝通技巧差。

有些人其實懶於把事情說清楚，甚至連自己想點都不懂或不屑說，卻要人家估你要什麼。好彩地估中的話，就讚你夠醒目，真懂得話頭醒尾咁話，萬一估錯，就會話你遲鈍。我又唔係你心裡面條蟲，你唔出聲鬼知你要乜咩。

這些處境除了在辦公室內經常發生外，許多時在朋友甚至跟老闆吃飯的時候，亦會常出現。有些老闆明明心裡已想

著吃什麼飲什麼，卻硬是默不作聲，或者只作出所謂暗示，咳兩聲就要下屬們猜度，以證自己的權威。

如果坦白地說：「我想要杯茶」，這類人也值得人尊敬。但若果是言辭不清，又要人估埋後半截那種，我就覺得極之討厭。日常既要處理又要計劃的事情已經夠多了，為什麼還要花時間要估你今天想飲檸茶定可樂呢？我不如自己飲多兩杯好過啦。

不過，話頭醒尾的人雖然有時會給人「懶醒」的感覺，但確實較容易在事業上取得成功的，可惜我並不是這類人，也不稀罕成為這種人。

清蒸大魚例如海斑其實並不多骨，但總會有些人會因為怕魚骨而放棄吃蒸魚，實在是人生一大憾事。(紅磡 Red Sugar)

挑通眼眉的人

相對話頭醒尾，我卻很欣賞挑通眼眉的人，兩者不盡相同，前者以用腦為主，後者用心。幸運地，身邊總有這類挑通眼眉的人存在，大部份都是女性。

純粹憑個人觀察而得出的直覺，我覺得懂得吃魚的人會比較挑通眼眉的，尤其吃蒸魚而又懂吐魚骨的人，總是份外眉精眼企的。

記得在某次晚飯聚會上，席間有朋友表現出略為憂愁的神情，最先發現的人，又是同席一位女性朋友。記得當晚吃中菜，其中一道是「清蒸海上鮮」，那位神情憂傷的朋友一向不吃魚，就是怕魚骨，加上當晚心不在焉，忘記了說自己不吃魚，讓旁邊朋友分了魚肉給她後，又不好意思推辭。就在她考慮吃抑或不吃的時候，同席那位細心的朋友忽然說：「我最鍾意食魚，不如我食埋你那份吧。」

如此，便解決了這晚在餐桌上的尷尬小事。那位吃魚的朋友並沒有講大話，顯然真心鍾意吃鮮魚，不止魚身，連魚頭和魚尾都吃。

除此之外，朋友確實不止一次地發揮其挑通眼眉本能。好像另一次飯局，我本人為了一些私人事而有點擔憂，坐在旁邊眉精眼企的她一眼便看穿我神情有異樣，於是立即慰問說；「點呀你，做咩咁愁呀？食件魚肉吧！」。

雖然只是短短的一句慰問，但是那一刻，真的令我感覺像吃下的不是魚肉，而是把一股暖流倒入肚似的。

挑通眼眉跟吐魚骨這些技能其實並非天生的本領，可以透過個人經驗而逐步練成的。這些年來，多了跟朋友吃飯，便多了機會靜心聽聽朋友們的心事。漸漸地，我覺得自己都開始有挑通眼眉的能力。假以時日，或者會成為一位優秀的「傾吐專家」。

人走茶涼

人就好似宇宙中一粒塵，根本唔知下一秒會飄去邊度，
有幸地兩粒塵會連埋一齊，但最終遇上一陣風，
就會把它們分開，這是宇宙定律。

「先生，請問要什麼茶？」店員說。

「想要一壺陳皮普洱，唔該。」我說。

朋友約我茶聚，他知道我喜歡喝茶，便特地選了這間供應中西茶款的地方。人到中年，已經少飲汽水，反而越來越喜歡喝茶，但不是現時流行那些奶蓋茶，而是有茶葉那種。

我並不是茗茶專家，只是喜歡喝熱茶，有時去西餐廳都會叫一杯 Earl Grey。可惜的是，去到現時這個人生階段，可以跟我品茗的人卻很少。

不過，我早已習慣了每次跟不同的人茶聚，甚至自己一個人喝茶也不是問題。有些人常說自己有班幾十年老友，由讀書至長大後都依然維繫到友誼。曾經好羨慕這些人，我就從來都沒有這種福份了。由中學到大學再到出來工作，又轉

了很多次工作環境，每個階段都認識到不同的人，亦總會遇到一些在工作上夾得不錯，私下又談得來的朋友。但是每當離開那個環境後，友誼就好快會煙消雲散，莫說主動約飲茶，連在街上遇見的機會都甚難。

以前我會想，這個是否自己的問題，如果我主動約舊同事出來，說好久不見你呀，不如搵日一齊喝個下午茶，是否就表示可以保持聯絡呢？逐漸地，我發覺並不單純是個人的問題，而是跟該人已失去共同話題，日子一久，甚至連信任都沒有了。夾硬要人家走出來見面，就算換轉是別人約我，都會懷疑是否有事相求呢。

喝著有份遠古氣味的陳皮普洱，一路想著以前的舊友們，約好的朋友終於姍姍來遲到達了。

「不好意思，同個客開會，所以遲到了。」朋友挺著大肚腩，急步地走來，然後坐下。

「唔緊要，飲杯茶先啦。」我說。

朋友跟我差不多年紀，當年一齊共事過，各自轉職後，他的事業發展比我好得多了，做過一間本地上市公司的CEO，現在自己搞初創企業。

1.品茶的環境都好重要，這間算是我較喜歡的品茶地方。(尖沙咀千禧新世界香港酒店 The Lounge)
2.一壺芳香的陳皮普洱，蘊含著歲月的歷練。(尖沙咀瑜茶舍)

「有否跟我們的舊同事聯絡？」

他一見到我，自然會想起以前共事的公司。

「沒有了，我們臨走那時都未有 Facebook，幾年前轉了電話號碼後，就沒有逐一通知人，好在你夠主動，每次有新卡片都派一張給我。」我說。

「我上個月在街上見到舊老闆，他望了我一眼，然後馬上急急腳走，真係咁現實都得。」

「現實？估不到一個 CEO 會講如此天真的說話，你應該見過無數冷漠到無輪的人吧。」

「雖然閱人無數，但有時我都很念舊的，尤其一些曾經一齊打天下的兄弟，現在全都四散，有時想起來都會感到好唏噓的。」

「對於這點，我比你看得開，每個人就好似宇宙中一粒塵，根本唔知下一秒會飄去邊度，有幸兩粒塵會連埋一齊，但最終遇上一陣風，就會把它們分開，這是宇宙定律，改變不了的。」可能是喝著茶的關係，我說著時感覺很豁然開朗。

「不必那麼灰，老友記，飲茶吧。」說罷，朋友便幫我斟茶。

「茶有點涼了，不如叫過另一壺，喝大紅袍好嗎？」

「好呀好呀！言歸正傳，我們傾傾個合作大計先，想搵你幫手做一件事…」朋友說著，便打開公事包，取出手提電腦來。

對了，如果不是有合作要傾，這位朋友都未必會約我出來喝茶。一直以來，我們都甚少交流，只是每到過時過節及生日，都會留言祝賀對方，這樣又算不算保持聯絡呢？

人走了，茶涼了，就乾脆沖過另一壺茶吧。

不必感歎，也不必惋惜，都市人的關係就是如此，我早就習慣了，你呢？

男人與生蠔

每個男人的最痛都有所不同，但都離不開事業、家庭、生理等幾個大範疇。與其說藉著生蠔來舒緩痛苦，其實只是錯覺，真正的開解方法是見見朋友。

聽過不知幾多次，話生蠔有壯陽或催情的作用，傳言多到數之不盡。我亦不只一次試過一晚食超過廿隻生蠔，但該晚有否什麼變化呢？唔…同平時差不多咁勁囉，說笑而已。

話生蠔對男人特別有益，又未必全無根據，相信是跟其營養成份有關。生蠔含豐富蛋白質，還有礦物質例如鋅質，都對補腎和製造精子有幫助的。但是，如果你每日吃到幾百隻生蠔都話啫，區區十隻八隻又有何作用，大抵都是心理上覺得好過點。就正如女士吃補品會自覺養顏一樣，男人吃生蠔某程度上都是為了心理上進補而已。

雖然說吃生蠔不是男人專利，但眼見這間生蠔吧的客人又真的以男士偏多。而我每次去生蠔吧都會選擇跟男性朋友去，吃著生蠔，飲著白酒，男士們都變得情緒高漲，說話也坦率起來。

這天黃昏時份，就約了男性好友 T 君來吃生蠔。

T 君自從有了孩子後，已甚少約人飲酒了，現在孩子才一歲大，還有好長的路要捱，看著他的面容，感覺憔悴了許多。

「我下個月會去澳洲，又可以大吃生蠔了。」我說。

「唉，你就好啦，話飛就隨時飛得，我有排都未可以行得開呀。」

「你有子萬事足，我見你每日在 Facebook 發 BB 相，你們一家三口幾開心呀。」

「阿 B 確是幾得意的，每日返去見他都總有些微變化，感到每日都在長大，有時真希望有方法可以吹大他，等我快點甩身，哈哈。」

「你就想，有排你捱呀，所以我幾時都話，不結婚兼不要孩子是現世紀的最佳選擇，我覺得自己條路不知走得幾正確啊。」我真的很自豪地說。

「唔…有時我在想，我揀的路是否對呢？如果我沒有孩子，會走得比你遠，或會真的可以當個旅遊飲食達人，現在只能做個湊 B 達人。」T 君忽然感慨起來。

黃昏時份，在酒吧吃幾隻生蠔，飲杯白酒或者威士忌，都是一種另類的進補方法。(尖沙咀 Scarlett Café & Wine Bar)

「其實每個人行的路都不盡相同，我雖然單身，以前一樣被工作困住，邊度都無得去，到依家先至較為自由。或者等你個仔大些少後，你就可以周圍去，而且仲可以一家三口出遊，到時一樣開心啦。」

「係呀，我都期待這一天。嗯，唔好再講 BB 了，我怕悶親你，不如叫多 Round 生蠔啦，你要哪一隻呀？」

「我始終比較喜歡法國蠔，聽說今日有供應 Fine De Claire，實在不錯的，海水味不算太重，不如試下叫杯 Whisky，倒一兩滴進去生蠔上一起吃，感覺更好。」

「海水味好呀，好過返屋企成日聞到奶味，哈哈。」

生蠔吧至少沒有小孩，沒有 BB 喊聲，又沒有奶粉味，都算是成年男人們的一個避靜天堂。

男人到了中年，如果再每晚飲啤酒、吃水牛城雞翼，健康實在不能負荷，但幾隻生蠔，加一杯白酒，還是可以容得下的。

每個男人的「最痛」都有所不同，但都離不開事業、家庭、生理等幾個大範疇。與其說藉著生蠔來舒緩痛苦，其實只是錯覺，真正的開解方法是見見朋友。可是，對於男人尤其是到了中年的來說，知己比生蠔難求得多，但不要看輕朋友對你的重要性，可能一句說話就能化解你的情緒鬱結。

兄弟們，記得要進補外，更要有話直說呀。

手沖咖啡的韻味

喝著帶有陣陣花香又回甘度高的埃塞俄比亞咖啡，
聽著他說自己的咖啡師故事，忽然感到人生非常奇妙，
處處充滿生機。

早幾年，曾經有大約一年的時間，經常留連在某間咖啡店。每次見到店主就如見到屋企人一樣，好有親切感，亦好有默契，彷彿我一走進店內，他已經知道我心想要什麼似的。

這天又如常於上午十一點左右來到咖啡店，該時段大部份市區內的人都在工作中，加上又未到午飯時間，咖啡店顯得非常寧靜。

咖啡店面積不大，只有大約十個座位，附近上班的人通常會來買外賣咖啡，只有我這等閒人才會在早上這個時間來呆坐。

店主兼咖啡師是個年約四十歲的男人，每日都在店內親自煮咖啡，有時會有助手負責弄些簡單的食物，助手通常只在午間或晚市才出現，其餘時間都只有他一個人在店內。

「今日有新豆返，不如試試這隻埃塞俄比亞豆吧。」店主看似在問我意見，但未等我開口回答時，已準備磨豆了。

「我今日有點頭痛，可以的話，就要兩杯咖啡。」我說。

看著他在專注地煮咖啡，望著氹氹轉的水流，我心情好像平靜下來，頭痛也沒有那麼嚴重了。

「你好似日日都頭痛那樣，飲完杯咖啡，人就會精神些，唔會亂諗嘢啦。」他說後，隨隨遞上咖啡給我。

「哎，你都來過很多次，我都未問過你做邊行的呢。」他問。

「唔，其實我正在失業，都有差不多一年沒有工作了，至今還未搵到工，所以就這樣得閒地早上來飲咖啡咯。」

我好少跟別人提起自己失業的事，這件事已經困擾了我好久了，見咖啡師主動提起，心想，有人傾傾偈可能都是好事。

「男人到了某個年紀，或者都會有類似的危機，我之前那份工都已經去到中級管理層位置，莫說是搵新工，就算在事業上要作突破，都有點難度，但我又始終不甘心。」

我說完，便喝起一口咖啡，讓自己心情平靜起來。

「唉，這個社會真的充滿年齡歧視，最憎人講什麼三十歲後就應該怎樣怎樣，唔通中年男人就唔可以重頭來過嗎？對唔住，一講到這種話題我就有點勞氣。」估不到咖啡師也對此有莫大共鳴。

「唔緊要，多謝你講了我心裡想講的話。不如講下你自己，你又點解會當起咖啡師來呢？」

這間咖啡店設置了專為製造 cold brew（冷泡咖啡）的咖啡機，真的可以細味沉澱過後的韻味。（西環 Artisan Room）

「也是因為失業咯，哈哈。唔好誤會，並非取笑你，而真的是失業。我原本也是一間公司的 Senior Manager，一離開咗就搵唔到同樣 Level 的工，失吓失吓，在家呆吓呆吓，就日日自己煮咖啡，忽然想到不如認真地去讀個咖啡師 course，然後去考個咖啡師牌。結果好幸運地考取了證書，便在咖啡店打工，做了幾年後，就開了這間屬於自己的咖啡店。」

喝著帶有陣陣花香又回甘度高的埃塞俄比亞咖啡，聽著他說自己的咖啡師故事，忽然感到人生非常奇妙，處處充滿生機。

「人生就是這樣奇妙，我都經歷過一段很長時間的情緒波動期，自從有了目標後，生活變得很充實，慶幸現在每日都做著自己喜歡的事，做生意當然亦有艱難的地方吧，但我從沖咖啡這種事上，學懂令自己心境平靜啊。」

從說話和眼神中，我看到他對工作的熱情。

「我都希望快些找到事業新方向，嗯，可否給我多一杯咖啡醒醒神呀？」

「就給你一杯廿四小時的 cold brew（冷泡咖啡）啦。」

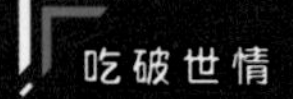

咖啡經過廿四小時後，酸味沉澱了下來，已經脫掉了苦澀，反而增添了一份像洗滌過後的獨特韻味。

或許，人生也是如此，要經過一段好長時間的挫敗後，才會蘊釀出全新的自己，便可以重新啟動，走一條全新的路。

自從開展新事業後，日間工作非常繁忙，且辦公室又不接近這區，便甚少再去這間咖啡店了。但有時喝著咖啡，也會想起那段空閒的日子，從心感激那位啟發過我的咖啡師。

如何跟陌生人吃出感情

有緣跟陌生人同枱食飯，就好像戀人初相識一樣，
合則來不合則去，談得來的，就有下文。

小弟本性內向又含蓄，由細到大都好怕同陌生人食飯，但偏偏父母親就是跟我相反，都是很熱情的人，他們經常好隨意地同陌生人搭訕。

有家教的小孩

記得童年時，每年都總會有幾次跟父母去飲宴的機會，或去吃乜乜工會的蛇宴。尤其去蛇宴，在座十之八九都是三九唔識七，我通常只會低著頭安靜地吃，但我有一個非常好的優點是從來不會黑面對人，怎樣不高興都會有禮貌地應對。

以前在這類蛇宴上，每次食蛇羹，每枱會有一大鍋，小朋友可以吃兩碗，有時甚至三碗，總有熱心大人幫我添多碗，我一定會講「唔該」。而開餐前，母親一定會不嫌其煩地對我說「叫人食飯啦」。雖然經常嫌她太囉唆，但現在回想起來這些就是叫做「有家教」。

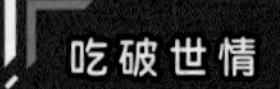

就是這一點一滴的禮貌，加上外表文靜彬彬，往往贏得同桌的長輩讚賞說：「呢個細路真係乖。」我心想，並不想咁乖的，只是想快點食完就快些回家去。

從飯局中累積經驗

長大後，好多年來我都避免跟陌生人應酬，就是怕同枱食飯唔知講乜好。

但是自從當上網絡食評人後，近幾年，個人社交生活上出現了極大的轉變，有幸經常被餐廳邀請出席不同的活動，認識到來自傳媒界及不同職業甚至外地來的人，有些更成為好友，經常都相約一齊出外食飯。對於跟陌生人同枱食飯，這幾年可謂累積了很多經驗，可以跟大家分享一下。

在公開場合上，好難避免第一次見面就要同枱，甚至對著坐。

首先要做的當然是有禮貌地介紹自己，有卡片就可以交換，然後用工作來展開話題。這個年頭要識新朋友，派卡片未必是長久交往的好方法，因為轉個頭你已經不記得卡片上的人是誰，最好就即時「集郵」，唔好誤會，只是加對方的社交平台而已。

童年時跟父母吃過許多餐蛇宴，回想起來，蛇宴就是我學習跟陌生人同枱食飯的機會。現在每到冬天時，都會特地去蛇舖吃碗蛇羹，但早已不會參與這類大班人的蛇宴了。(深水埗蛇王協)

自從多了出席這類傳媒飯局後，我發覺自己原來都不算太內向，因為比我被動的人簡直多成千上萬倍，忽然覺得自己都幾開朗幾活潑的呢。

有時候，坐隔離的新朋友未必會想認識你，對方只會低下頭望手機，或跟鄰座相識朋友聊天。尤其當傳媒的人又以女士居多，一講女人嘢我就搭唔到嘴。有時都不要說什麼派卡片及加 Facebook 和 IG，連打個招呼的一秒鐘時間都插不入。遇到這樣的情況，就唯有各自修行，就好似去飲茶時搭枱一樣。

話題多的是

並非所有新朋友都沉默是金的，有時都會遇到一些健談的朋友，可以令該餐晚飯變得十分輕鬆愉快。

跟寫飲食的朋友們一齊食飯，其實未必會講飲講食，如果同桌的人全程只講當晚食物如何如何，那就證明同枱的人真的不太熟，夾硬攞嘢出來講。

就算跟唔熟的人食飯亦真的什麼都可以講，並不需要預先定下太多顧慮和規限。相反，可能因為不認識對方，便可以放一點，有時甚至可以比至親還更坦率。

吃出感情來

有緣跟陌生人同枱食飯，就好像戀人初相識一樣，合則來不合則去。談得來的，就有下文，我是指正經那種，真的吃出感情來。一次生兩次熟，下次可以私下跟活動搞手說想指定跟某某一齊坐。如果不幸地全枱都「唔啱嘴型」的，最多下次就謝絕再去該位公關的活動吧。

我經常都說這一句：「同邊個吃飯比吃什麼更重要」。

人到中年，更加頓覺人生苦短，何必花太多時間和心機在一些跟你沒交流的人身上呢。

飲茶事件薄

現在每次去舊式酒樓飲茶，都依然想起跟母親一起的情境，飲茶食點心對我來說，成為了一種獨特的情意結。

現在香港年輕人流行食 Brunch（早午餐），週末早上在咖啡店歎杯咖啡，吃個 Egg Benedict 才夠時尚。

在我年少的時代，去酒樓飲茶食點心其實等同於 Brunch，一盅兩件可算是本地華人尤其廣東人的傳統生活習慣。近幾個月，偶爾在週末走進入一間住宅區的酒樓內，卻見大部分食客都是銀髮一族，令人有點唏噓，感覺飲茶這傳統到如今已日漸褪色了。

從另一個角度看，飲茶並沒有式微，現在隨時都可以去吃點心，且供應粵式點心的專門店亦開到成行成市，不再只限於早午餐時段，可以說成是生活習慣改變了吧。

飲茶必看週刊

在我成長的 80 年代，週末去飲茶時，父母通常會在酒樓門口的報紙檔買份日報和八卦週刊，以便在嘆茶時看。

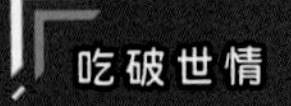

以前的八卦週刊的尺寸比較大，某程度上是為了茶客而設計的。當時的週刊百花齊放，除了現在還生存中的明周外，還有城周、香周、東方新地、清新、翡翠等，內容並非只有娛樂圈的八卦新聞，還有名人生活專訪、小說、散文等，我就真的會全本由頭睇到尾，一本雜誌真的可以給我磨足全程飲茶時間甚至整個週末啊。

八卦週刊的出現，亦令飲茶時間充滿話題，每枱客往往都會談論娛樂圈明星消息、選美秘聞等，你話香港娛樂事業對我們這一代影響幾深遠呢。

童年飲茶回憶

又想起以前小學時期常去的一間屋邨酒樓，是位於一座已執了笠 N 年的百貨店「大大公司」內。該百貨店大樓頂層有個微型遊樂場，當年有時候會趁飲茶期間走上去照「哈哈鏡」，看著變了形的自己便天真地大笑一餐，現在想起來覺得好低能，但以前的孩子就是那樣容易開心的。

爭埋單都是飲茶的文化之一，家母是個好傳統的茶客，無論跟任何人去飲茶都好，她都會爭著埋單的。記得細個時，經常看著她跟其他的姨姨爭埋單的情境，外人還以為兩個女人為了什麼事而大打出手呢。

1

2

1. 像豬肚燒賣這類傳統點心曾經險被淘汰，幸好現在時興懷舊，讓傳統東西回歸。這款三星燒賣則是結合三種老式的燒賣做法，包括有春蛋、冬菇和豬肚。（山頂爐峰）
2. 芝麻卷俗稱菲林，皆因似一卷卷菲林，亦是舊時的小食，我懷疑千禧後一代不知道什麼是菲林了。（荔枝角大公館）

3.近年市面多了一些新派酒樓，提供一些具創意又趣緻的點心，當然是為了吸引年輕客，容易吸引人分享至社交媒體嘛。(尖沙咀 Yum Cha)

此情不再

我和母親茶聚時，在選點心方面，卻吃來吃去都是那幾款，除了蝦餃、燒賣、粉果等外，母親好似每次都會點鹹水角。想起來，真的好多年沒有食過像樣的鹹水角了，是否現在的人已經不喜歡吃這款點心啊。

自從長大了搬出來居住後，我跟家母吃晚飯就多，相約飲茶卻很少。還記得跟母親最後一次飲茶的情境，那時她還未發現生癌，一向樂天的她，仍表現得很活潑。相反，我當年卻處於事業低潮，工作不太順利。俗語有話：「生仔唔知仔心肝咩」，她看得出我工作並不如意，飲茶時突然拋下一句：「下個月可以俾少些家用，儲返個錢，有工就做住先啦」。

我是一個很內斂的人，聽到母親說該段話的那一刻，我不知怎樣回應她好，只有沉默。現在想起來，很後悔點解不開口說話，至少一聲多謝都好呀，可是，已經再沒有機會說了。

現在每次去舊式酒樓飲茶，都依然想起跟母親一起的情境，飲茶食點心對我來說，成為了一種獨特的情意結。

我不知道自己幾時會淡忘那些記憶，唯有趁著自己還有印象時，藉著點心來思念故人，讓這份情懷繼續流傳。

2049 點餐記

雖然店內的阿姐們操著唔鹹唔淡的廣東話，
我卻寧願聽到不太明解的「勿演懶肉米線」，
因為至少服務我的是真人。

今日簡直超級攰，是攰到頭痛兼腳軟那種，身體好像不是自己的。唯一仍有的感覺就是肚餓，但是胃口卻並不特別大，又不想費神去諗吃什麼，此刻只想要一碗麻辣米線，好讓自己的腦筋醒過來吧。

當步進這間去過很多次的麻辣米線店時，已感到不止頭痛，而是頭暈眼花，於是求其揀個位坐低，然後馬上拿起支筆和點餐紙，迅速地剔了一碗「小辣墨丸腩肉豬潤米線」。在等食物時，身體依然暈陀陀，且突然感到視線也模糊起來。於是，便隨手拿著桌上的紙巾抹抹臉，搓搓雙眼，企圖令自己清醒返。

重新睜開雙眼後，發覺這店的環境和氣氛跟平時有很大出入，心想定是自己太心急搵嘢食，行錯去第二間餐廳。既然都來到了，以今日這樣的狀態，就唯有錯有錯著，當去試新店吧。

我記得好似點了餐啊，但又好似不在這店點的，是否要重新點過呢？在桌子週圍找了很久，都找不到餐牌，於是便舉手叫侍應拿給我。但是，望來望去，都不見有類似侍應的人，只見遠處有些類似機械人的物體在店內移動著。

更奇怪的是，這間沒有服務員的店，竟然不覺得有客人在鼓譟，好像只見我一個人有需要叫人幫手似的。

當時店內的食客都不算少，個個一係在進食，一係就在看手機。他們的手機跟我認知的形狀不同，看來明顯更為薄身，好像一張紙般薄，像可以摺起及隨風吹起得那種。

坐我對面的食客是一位約十來歲的少女，見她似乎在等食物送來，便問她餐牌放在哪裡。

「嗯，在桌上便看到咯。」少女用不太純正的廣東話說話，然後示意我用手指篤一篤桌子。

餐牌果然暗藏在桌子的立體投射屏幕上，食客可以在桌上自行點菜及付款。

「點解餐牌上咁多簡體字？」我不禁自言自語起來。

1.很多時去幫襯某些小店，就是因為店員夠親切，而非那種機械式和系統化的服務。(長沙灣雲南風味小鍋米線)
2.這碗叫「番茄濃湯米線加芝士」，講慣咗番茄就是番茄，芝士亦不是奶酪，從何時開始，我們連自己的生活習慣都要捍衛呢？(深水埗番茄師兄)

說餐牌全用上簡體，似乎又不完全對，應該是混合了繁簡體的字句，變成一堆好混亂的不繁不簡詞語。

這個「西红柿浓汤面配吐司」比較容易估，應該是「蕃茄濃湯麵配多士」，就算唔頭痛都真係睇到我頭都爆開。看見這樣的餐牌，加上客人的口音，好明顯這店不是主力招待本地人啦。

少女看著我傻乎乎地點餐，也笑了起來。

「按這個地方就行了。」她見我不懂點餐，便主動教我如何按確認及發送。

「謝謝幫忙，小姐，你是從內地來的嗎？」我見她還在等餐，便跟她聊了起來。

「唔係，我是香港出生的。」她繼續用捲脷的廣東話來回答，但「唔係」明明是廣東話嗰，點解會咁樣捲著脷來讀呢。

「對不起，聽你的口音，我以為你是北方人。」

「我是廣東人，講緊普遍香港人的廣東話口音，反而我覺得你的口音有點怪，聽你說的話，感到有點熟，像在看幾十年前的電視劇似的，也很像我爺爺平時說的話啊。」少女又笑起來。

「吓，爺爺？我真係咁老餅咩。」我不禁唉聲嘆氣起來。

「唉，原來依家新一代的香港人已經不懂講純正廣東話，寫正確的繁體字了，莫非我才是異類嗎？」我操著老餅腔的廣東話在自言自語，少女望了我一眼，然後就看回手機，似乎並不完全明白我的意思。

說著時，有一個類似機械人的東西正在傳送食物給少女。

「你的三小辣墨丸米線，請慢用。」連機械人都操著普通話，真無奈。

接著，我的蕃茄麵，唔係，應該是西紅柿面也到了，當然又是由機械人送來的。

吃麵的中途，終於見到唯一的真人店員了，就是清潔阿姐，怎麼清潔這種繁重的工作卻不用人工智能來控制呢？但是這樣也好，至少好多人還有工可做。

「呢個杯收得啦，唔該阿姐。」

「哈哈，難得仲有人同我講老派的廣東話喎。」阿姐操著跟我一樣腔口的廣東話，遇到同聲同氣的人，便大笑起來。

「阿姐，我地呢類人買少見少了。」我苦笑著說。

「現在普通話才是政治正確嘛，但都無所謂啦，過多幾日就是新年，老闆話 2050 年二月起試用清潔機械人，我都好快冇得撈了。」

「咪玩啦阿姐，今年才是 2019 年，邊有咁快到 2050 呀？」

說罷，少女亦忍不住，遞上手機給我看，然後說：「你才在耍我們，你看，今天是 2049 年 12 月 28 日。」

我立時被搞亂了，到底我身在何處？ 2019 還是 2049 年？又急忙去找紙巾再抹個臉。

「靚仔，你碗小辣勿演懶肉芝擁米線呀。」忽然身旁有人拍一拍我膊頭，才如夢初醒，睜大眼再看手機，還在 2019 年，我還在熟悉的麻辣米線店內，果真是惡夢一場。

雖然店內的阿姐們操著唔鹹唔淡的廣東話，我卻寧願聽到不太明解的「勿演懶肉米線」，因為至少服務我的是真人，而不用對住冰冷的投射屏幕點餐，兼要聽機械人說普通話。既然對食物可以吃出感情，跟食店服務員日久生情也不足為奇，這刻真的有點兒愛上在店內拍醒我的阿姐啊。

吃著麻辣米線的時候，我聽著 2018 年的廣東歌《未來見》。未來可能唔輪到我們選擇了，要在此地繼續生活，唯有接受人工智能化的服務，同時是否也要無奈地學習適應新時代，接受普通話和簡體字大舉融入這個社會呢？

如果三十年後還在世的話，我是否還能按照這首歌的意思「無懼的再去做我」，還可以繼續做自己，繼續用自己熟悉的語言跟真人面對面說話嗎？

第三章

吃出心情

有時候，
吃什麼其實無所謂，只睇心情。

無咩事我返出去食嘢先

有時我在想，咁勤力工作都只為了食餐好啲，
那就為什麼要廢寢忘餐地工作呢。

有個四字詞語叫「廢寢忘餐」，相信有讀過書的人都聽過。在落筆寫這篇文章前，我想了很久都想不起這四隻字的正寫，最後都要上網問「神」，才找到答案。因此可以肯定，「廢寢忘餐」這個詞語從來沒有在我的字典裡出現過。

小時候，我從來不會廢寢忘餐地溫書，亦不會為打機或其他娛樂而忘記食飯，一日三餐是必然的，一餐都不能少，只許加多。

工作是為了三餐

到了出來做事的時候，無論幾忙都要食飯，每朝早一回到公司就要先吃過早餐才開始工作。午餐可以不在中午吃，而容許自己改為兩點半後吃下午茶，但絕對不能跳過日間的吃飯時段，我是那種不吃東西就不能專心工作的人。

其實我並非在講風涼話，在我過往的事業生涯上，大部

份時間都不能隨意選擇食飯時間，同大多數香港人一樣，只限定一粒鐘。我都試過為完成急趕的工作，或開一些沒完沒了的會議，而被迫沒有飯開。

可能有些人覺得這是很正常，要工作嘛，偶爾犧牲一頓飯而換取事業成功，都是值得吧。Sorry 囉，我完全唔認同這點。我認，我是個不折不扣的廢青，是那種未到中午就會想著去邊度食 Lunch 好，放工前就會計劃定晚上有什麼地方 dining，甚至日頭在公司都經常發白日夢，想想週末和假期的豐富晚餐。當午飯時間到了卻還在開會時，我心裡和身體上都自然會發出聲音，整個身體都在說：「幾時開完會呀？」。一知道會議完結後，往往第一時間衝出去食飯，其他什麼都不想理。

有時我在想，咁勤力工作都只為了食餐好啲，那就為什麼要廢寢忘餐地工作呢。作為一位前廢青而正在進化至廢老的人，我一直深信工作就只是一份工作，既然目的是為了糊口而已，盡力完成了就夠。我並不想增值，也不恨升職，怕因職位愈高而愈來愈忙，就算賺多了也沒時間去享受。更何妨現在很多公司內部升職後，已經沒有自動加薪這回事，加「辛」就有。都係做好廢老本份算罷，就以準時收工為每日之目標咯。

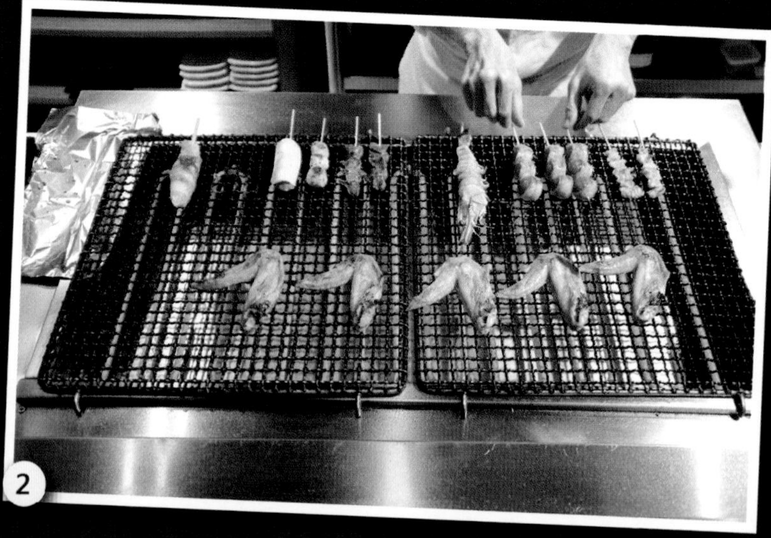

1. 趁午間走出去，除了想吃個自己喜歡的飯外，更多時候只不過是為了逃離公司環境一陣，食飽後再捱過。(尖沙咀旺角冰室)
2. 與其長時期在公司磨，我就想早點收工，去同朋友吃串燒好過。(銅鑼灣 TORIPON)

我只想快些收工

自千禧年後，出現了一些創新科技企業，這類的公司喜歡將辦公室佈置成遊樂場般，設施多得很，有咖啡汽水甚至啤酒任飲，又有玩樂和健身設施。一些洋化的公司，又會舉辦什麼美其名為 Team building 而迫人一定要參加的群體活動。講到底，無非都因為員工要長時間留在公司搏殺，才放置些設施，令你加班加得較為寫意，又令人錯覺以為自己在家工作般。

我並唔 buy 以上這套做法，不需要在公司內給我遊樂場，我也不要 Team building，只想快快完成工作，然後跟自己的朋友們去遊玩，或者直接回到真正的家。有時甚至不想在放工後見到太多同事，以免食食吓飯又想起公事，掃了該有的慶。

值得做才認真做

回望過去事業路程，我確實給人有點兒不夠上進的感覺，好像對很多工作都只做至點到即止的模樣，然後便不會再進取一點。這種狀況在我人生中持續了很多年，直至開始寫網誌後，才覺得自己終於找到一樣值得認真做的事業。

近年在個人網誌的文章類別中，飲食的篇幅佔了大半，食飯除了是日常生活所需的事情外，更變成了我的重要事業，寫作和食飯兩者已經不能分割了，但我非常喜歡這種以分享飲食為本的事業和生活。

查實你和我都一樣，要吃飯，自然亦要工作，前者是目的，後者是途徑，兩者的比重人人都不同，只不過我重視吃飯多過工作罷了。

其實還想寫下去，但我忽然覺得肚餓喇，唯有在此收筆。此刻，我只想去煮個麵吃。

有一種味道叫做佬味

你如果就快到四十歲又遇到中年危機問題，那是正常的，
不必怕，大膽地跨過去吧，當步過了四十之後，
就會看見另一片天空。

無論男人和女人都一樣，不同年紀會有不同的魅力，要接受自己漸老的同時，亦要接受自己依然好靚的事實。當然，每個階段都有不同的挑戰，人是需要不斷進步和調整自己的心態，才可以過到每個階段的難關。

不知聽過幾多人幾多句這樣的說話：「好心佢啦，幾廿歲人仲著成咁。」

香港人就是如此，都莫講話七老八十，一過了四十歲，就好似被人批死什麼新東西都不能試似的。

事實上，年輕人在商業社會一向較為著數，君不見很多媒體都喜歡追訪小鮮肉和年輕女神嗎？

但是，正所謂「百貨有百客」，有人喜歡小鮮肉，亦仍有不少人懂得欣賞大叔的，只不過大叔的「吸 Like」能力未必那麼高，就算你心入面有幾鍾意，都不會表現得很瘋狂吧。

男人四十多粗話

男人到了四十歲時，便會漸漸散發出一種特別的氣味，一般可俗稱為「佬味」。真正的「型佬」，不是指有大陣霉霉爛爛的臭味，應該是不拘小節，說話有時會粗俗，亦開始囉嗦，但說的話又再不會像少年時那樣膚淺。

生活方面，可能會出現某種稱為中年危機的東西，會感到事業或愛情進退兩難，情緒方面或者會因此而波動起來。

另外，飲酒的習慣亦應該由劈酒而轉化至開始懂得品酒，或由玩刺激運動轉而鍾情某些年輕時會覺得悶的活動，例如跑步、聽爵士樂等。

當然任何事都沒有標準可言，順其自然就得，鍾意做就做。但是個人認為，如果在四十歲前培養到一種興趣，會比較容易捱過中年危機的。

我是過來人，皆因已到了大叔之齡了，講的論點當然是親身體會呢。用我的個人經驗跟大家說，你如果就快到四十歲又遇到中年危機問題，那是正常的，不必怕，淡定一點，學習忍耐，大膽地跨過這關口去吧。當步過了四十之後，就會看見另一片天空的。

1.椒鹽小炒是典型大叔至愛小菜之一，這碟「椒鹽鮮魷」鬆脆惹味得很。(太子聚興家)
2.這碟菜名叫「蠔爽」，名字很有佬味，炸煮後的蠔外脆內軟，仿似一個外表粗豪的大叔，內在亦有溫柔的一面。(太子珠江酒家)

佬的飲食品味

可能真是物以類聚卦，身邊亦有不少朋友都步入了佬的階段，甚至連女性朋友都比較「佬」的，所以他們都不介意陪我吃麻甩食物。

在飲食方面，我這個開始老又越來越佬的大叔，廿幾歲時其實好少幫襯大排檔或小炒店的，那時嫌太麻甩，近幾年反而多了跟同齡朋友們去一些充滿佬味的麻甩小菜館，點一些麻甩佬味重的小炒。這類菜通常都幾適合佐酒，有時撞著有朋友生日或什麼節慶，就會有人帶支酒來這些小炒店一同品嚐。

佬味或者說麻甩，其實並非男人的專利，眼見這類小炒店亦有不少女性客人，她們會在此一邊喝著啤酒，一邊高談闊論。現在不少港女比港男更麻甩，很多女士講粗口比很多男士更流利，用字更準確，或者爆粗是都市 OL 的一種減壓方式吧。

佬味食物並非等同重口味，應該說是比較有深度才對。一些佬味小炒的賣相通常比較隨意，要吃落口才知真正的滋味，而不是那種擺置美觀四正，放上 IG 容易呃 like 的美食。

但是，少人 Like 又如何呢？

有時候我會想，有自信就夠嘛，何必要跟別人一般見識呢。我自有值得令人欣賞的地方，佬有佬的魅力，你未懂欣賞，只是你未夠層次吧。

麻辣雞煲亦盡顯大叔麻甩的一面，圖為作者食麻辣雞煲時的樣子。(旺角至尊重慶雞煲)

希望大家在追捧小鮮肉的同時，都試試品嚐一下我的佬味呢！

人前的浪漫

一個人去食飯，原本是很正常的事，
有時卻好像被懲罰一樣。因為你沒有朋友陪，
你想要食大餐嗎，就要罰你付多些錢。

「先生幾多位？」侍應問。

「一位，唔該」我說。

「介唔介意坐牆角個位？」侍應說時已經帶著我走去牆角，似乎沒有想過我會 Say no ！

我心想「如果我說介意對著牆坐，你又會如何安排呢？」

或者，我可以要求搭枱的。但是，如果餐廳只剩餘搭枱及面壁位兩款揀，我都會寧願選擇面壁，至少可以不用望見人，讓客人的聲音遠離我少少都好。

唯有怪土地問題，香港很多餐廳的設計擺明不歡迎一個人去光顧，莫說是一人座位，甚至連二人枱都不見得多。

1. 我知道有些人定期會約齊腳去食周月，但我卻喜歡一個人去這裡食沾麵，迫埋牆角更好，這店的沾麵著實給我一種很毒的感覺。(中環周月)
2. 一個人吃個龍蝦包配薯條，再獨自飲啤酒，其實都幾自在。(中環 Solas Gastro Lounge)

曾經見過有餐廳的菜單竟然沒有一人餐，一個人光顧就等於趕客走。從生意角度上看，我理解的，推出兩人或以上的套餐當然會較好，而且客人通常會覺得較划算。

但是，一個人去食飯，原本是很正常的事，有時卻好像被懲罰一樣。因為你沒有朋友陪，你想要食大餐嗎，就要罰你付多些錢。你認為這樣合理嗎？如果你答是，可能表示你本身都認同一條友出外吃晚餐就是活該吧。

都是日本人比較懂得獨處的藝術，你看看日本拉麵店，通常都會設大量一人座位，很多人都只需要對著廚師坐，而不用搭枱。

一個人吃什麼好呢？

一個人進餐，日式拉麵和丼飯都是不錯的選擇，或者吃個漢堡飽也不錯。中菜則比較難搞，除了粥粉麵飯外，只叫一客小菜都還可以的。

不過，「一人前」只是名義而已，你吃到的話，大可以一個人吃個九道菜的法國全餐，甚至豐富得有齊鮑魚、湯品的中菜全席宴都得。

只要記住兩個條件：

第一，吃得完才好叫咁多；

第二，不要理會別人的目光，自己懂享受就夠了。

我愛獨處

近幾年才認識我的朋友，可能會見到我成日同大班人一齊食飯，定以為我是一個很愛 social，經常喜歡跟朋友聚會的人。其實只是估對了一半，我大多數時間都喜歡獨處，一個人食飯對我來說，是完全平常不過的事。

有時候，突然會好想吃什麼特別的東西，但臨時臨急又約不到人，唔通唔食咩？我才不會，那就自己食咯，自己獨個兒去享受就得，況且我相信獨食難肥，還真不知幾自在。

說了那麼多獨食的心得，其實我真的幾「毒」的。自小朋友都不多，又不喜歡表達自己，經常被說成不太合群，或我行我素等等，於是長大後便形成了一個人行街、睇戲、食飯、旅行的習慣。

一個人悶嗎？

當然，有時都會感到苦悶的。所以當悶透時，就會去找個伴侶，但當身邊人陪伴了很久後，又會掛念一個人獨處的日子，是否很矛盾嗎？

與其說「毒」，我實則是一個好需要獨處空間的人。當我一個人的時候，才是最有靈感，亦是工作效率最高的時候。其實，我真的不太相信 teamwork 的，當然明白有些事是要成 team 人一起才可做完。確實地，這個世界有些人是適合在團隊中發揮所長的，而我應該不是這一類人。當我是在一隊 team 內的成員時，通常毫不起眼，只能是一顆很穩重可靠的螺絲釘，而當自己一個人上陣時，卻往往能發光發亮。

多個人多雙筷？

兩個人相處並非加雙筷子和牙刷咁簡單，多一個人一起生活的話，無論飲食喜好、生活習慣…各樣都總會有所不同，都要互相遷就。但偏偏人越老，就越不想遷就別人，想自己鍾意食乜就食乜。

我始終認為，愛侶之間，還是保持一段似遠還近的距離比較好。或許，當我老了後，我可能會改變對愛情的睇法吧。

我的舒適食物

Comfort Food 每每帶著一份情意結，我自己感到舒適的食物，都跟童年吃慣吃熟的有關，而且都是家常小菜，亦全是母親煮過的食物。

經常會聽見到一個英文詞語叫“Comfort Food”，中文可解作「令人感到舒適的食物」。

「舒適」跟美味和健康都沒有必然關係的，Comfort Food 往往都並非健康的食物，既可以是炸雞，又可以是餐蛋麵，總是一些非理性可以解釋到的愛好。愛，原本就不應有理由吧。

肉餅除了蒸，也可以煎的，加入鯪魚肉，與免治豬肉搞勻，加入蔥粒，煎之前沾上蛋漿，便成為爽口的「香煎肉餅」。(圖為作者自家製的作品)

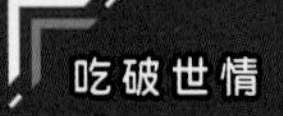

渴求安穩狀態

Comfort Food 又令我想起另一常用詞“Comfort Zone”，雖然兩者都有「舒服」的含意，吃 Comfort Food 就好像暫時躲進一個不被打擾的角落裡似的。

可是，當你一提起自己身處“Comfort Zone”，有時會帶出負面意思，會令人覺得你沒有野心、不夠上進、只求生活安安穩穩，吃個安樂茶飯就夠那樣。尤其在香港這個商業社會，求舒服都好像是個罪名，敢冒險才獲得到掌聲。但是，許多拍掌的人查實卻是極之虛偽的，他們鼓勵人冒險之餘，卻心想你自己冒險就好，但唔好搞到我呀，他們自己根本沒有意圖去接受挑戰，只求安定，然後睇人家的歷險記當娛樂。所以你話，這樣的社會點會有進步呢。

自己都是一個追求安穩的人，但我認吖，我才不會講一套做一套。愛安穩之餘，我有時都會身痕，間中會嘗試不同的挑戰，吃一些從未接觸過的食物。但在大多數的時間，我還是會選擇一些最簡單的去吃。

個人認為創意是值得表揚的，但又不可能晚晚都冒著險去找驚喜，絕色佳人見得多都會生厭吧。吃飯亦是一樣，有時什麼都不用去想，只想簡簡單單吃個普通家常便飯，吃自己最熟悉的小菜，回歸最原始的自我。

1.「豉椒炒雞翼」亦是個人較常在家煮的撚手小菜，加入蒜頭、豆豉、青椒和洋蔥，令味道更豐富，但豆豉本身有鹹味，烹調時便不要放太多鹽。(圖為作者自家製的作品)

2.「蝦仁炒蛋」可謂香港家庭人人都吃過的小菜，簡單易煮，適合繁忙的香港人，但雖說簡單，要煮得好味又並不容易，我自己則喜歡把蝦仁和蛋先分開炒，然後才撈在一起，放些少蔥段更好。(圖為作者自家製的作品)

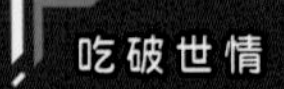

我帶著情意

Comfort Food 每每帶著一份情意結，以我自己為例，感到舒適的食物，都跟童年吃慣吃熟的有關，而且都是家常小菜，亦全是母親煮過的食物。

並非每個阿媽都廚藝了得，但個人口味這回事，往往就被童年家中煮出來的味道深深影響著。家母的廚藝都算不錯的，她做事認真，往往都會好花心機去做每一道菜。因此，自細經過味覺訓練，我自認對食物的品味都不差的。

以前最鍾意吃她煮的「鱿魚蒸肉餅」，她會堅持自己剁肉，令肉餅較有粒粒肉碎的口感。自小食慣的「蒸肉餅」，現在就成了我的其中一樣 Comfort Food 了。現在我卻嫌麻煩，甚少自己剁肉餅，多數只買超市搞碎的免治豬肉，質感當然跟自家剁的差好遠吧。此外，「鹹蛋蒸豬肉」亦是同類的餸菜，是把蒸水蛋跟蒸肉餅結合在一起，也是個人甚喜好的 Comfort Food。

雞翼相信都是許多香港人的 Comfort Food，我都並不例外。記得家母煮過很多不同款的雞翼，最常煮的是「蠔油炆雞翼」，會落頗重手的蠔油，加入清雞湯，十分鮮甜入味。「豉椒炒雞翼」亦是多年來家中常吃的，我自己在家有時都會煮的。

到了現在，當吃到一些令我舒適的家庭菜時，便會想起家母的手藝，十分懷念，說成是情意結是一點都無誇張到的。

讓自己感到溫暖

自從當了網上食評人後，雖然未敢說是吃盡天下美食，因為實在還有太多東西未嚐過。但是過去幾年吃的珍饈百味，可能已經多過之前幾十年的總和了。我這個人其實好易滿足的，已經覺得自己的味蕾被厚厚款待過了。

吃得多了，對食物的要求自然也提高了不少，同時也越會懂得欣賞廚師們的功夫。再說，當吃過街外的精緻菜式後，越發覺自己永遠都煮不出那些精緻巧手的菜。既然這些美食是需要有番咁上下廚藝的人才做到，那就留給大廚做，我只負責吃吧。再加上出街食飯已經滿足到口腹之慾，當自己回家吃飯時，我會寧願煮一些簡單而令自己舒服的食物，讓自己感到溫暖又輕鬆就夠了。

或者，各式其式的誘惑已經太多了，吃 Comfort Food 就是令身體和心靈得到平衡的方法呢。

有一種飯叫生日飯

我生故我在，為證明自己還有生存在世的價值，
所以我認為生日比新年更值得慶賀。

一個已經步入中年的男人還繼續大肆慶祝生日，究竟還有什麼意義呢？

一．講俾人知你又老一歲，即是距離死亡又近多一步喇。

二．雖然老咗，個樣都仲 Keep 得唔錯咯。

三．藉著發佈慶生照來乘機呃 Like，並特此通知那些一年來都沒有交流的 Facebook 朋友：「我仲未死，而且生活還算不錯。」

四．其實不想慶祝，只是想找藉口跟朋友食個飯。

以往一向低調

慶祝生日這回事，在我人生中是相當奇妙的。自小除了家人外，幾乎都沒有所謂同學仔幫我慶生，更加沒有試過去麥記搞生日會。從來既不羨慕別人，亦從不會恨有這些活動，我根本自小就是一個不喜派對的孤獨精，或稱「毒男」。

就算到了長大到廿幾歲，我都仲係好毒，生日自然都沒有特別去慶祝。但是家人都總會記得我生日，由細細個直至三十幾歲，每到生日回家吃晚飯，母親總會準備隻肥大的白斬雞，並會留隻雞髀給我。

有伴侶的時候，另一半每年都會幫我慶祝，但作風比較低調，亦符合我的性格。我以為一世人的生日都是這樣低調，卻勢估不到，反而到了將近四十歲開始，才有朋友幫我大肆慶祝，之後每年都有朋友主動約我吃生日飯。

想起來，我自問都是個善良的人，應該是自己積落的陰德，到中年才開始收成。一個毒男到了中年，忽然多了很多朋友，既是福份，也許對其他人來說，都是一個很勵志的故事。

挑選慶生餐廳

自從開始寫食評之後，莫講話幫人慶生，就算是朋友們幫我慶祝，都是由我揸主意找餐廳，而且往往要自己訂位，甚至自己開口問餐廳有否生日甜品或切餅費，人家或者會誤會我是自己幫自己慶生呢。

可能身邊朋友們都覺得我要求高，並非間間都合我意，所以才叫我自己搵。其實我對生日飯的要求真的好低，都幾十歲人了，慶祝生日只不過為見見朋友，找個藉口聚會吧。

不過，選餐廳慶祝生日，有時確是幾傷腦筋的。既然要朋友夾錢，就要顧住人家的荷包，我又不是認識很多有錢朋友，通常都是普通打工仔，便不能揀間太貴的。

食物方面，雖然話是自己生日，當然想吃些自己喜歡的食物，但是假如成班朋友都不愛該類菜的話，得你一個開心，要朋友們陪笑，又有何意思呢，唔通你當自己係公主或皇帝咩，所以都要遷就別人的。

1. 蛋糕並不是重點，最重要是慶祝的心情，還要感謝跟你一起渡過生日的人。（攝於作者 2017 年的生日晚餐）

2.近年有不少朋友會給我生日驚喜，令我感到三生有幸，在此感謝各方好友。(灣仔 Mirage Bar & Restaurant)
3.這個確是別具心思的「生日蛋糕」，像一座巨塔似的，上層是炸蝦頭，中間放壽包，底層為花竹蝦刺身。(土瓜灣朱敏記)

對自己好一點

其實生日飯只是形式而已，不用太在乎禮節，有沒有蛋糕都並不是重點，無所謂啦。個人覺得慶生某程度上都是一種自我擦存在感的行為，我生故我在，為證明自己還有生存在世的價值，所以我認為生日比新年更值得慶賀。

有人同你慶生的時候，該感恩身邊仍有朋友，因為不是必然有的。相反地，如果得你自己一個人慶祝，那都不必愁眉苦臉，該感謝你最好的朋友，即是你自己呀，生日那天就應該對自己更好一點。一條友都要打扮得靚靚的出街，吃個好好的晚餐，飲杯美酒，記住跟自己說：「Happy birthday to me ！」

我要食極唔肥

或許，令我不易致肥的原因，不是什麼基因，而是自律的性格，我做任何事都不會過火，飲食方面亦如是。

「你個仔生積吖？」

這句說話是細個時，經常聽到週圍的師奶跟我阿媽常說的話，有些人確實真的關心當年那個小男孩，有些則只是語帶相關地諷刺你這家人窮，暗示「你阿媽冇俾飽飯你食」。

的而且確，我小時候瘦得好厲害，成條藤咁，真有點營養不良的樣子。但是，家裡供應的食物向來沒有缺少過，從未試過有一餐食唔飽的。而我的食量其實並不算細，晚上有時可以吃兩碗飯，有湯飲的晚上，就會至少飲兩碗湯，又會吃湯渣，卻總是像個黑洞般，食物唔知去咗邊度。

「食極唔肥」是自細一直困擾我的煩惱，真不知幾想做個肥仔。肥胖於我成長的八十年代並不太受歧視，反而給人可愛的感覺，男仔長胖就可以扮惡嚇人，而我這個瘦骨仙就沒有這個本事了，打又唔夠人打，只能扮文質彬彬的書生。

一直到了約二十歲畢業時，我都是偏瘦削，那時開始覺得身型瘦都幾好吖，穿衣服又較好看，漸漸對自己外表都增加了不少信心。

基因論調

有人說「食極唔肥」是一種基因，據說擁有這種基因的人，就算到年老都不會太長肉的。我原本都以為這理論是對，事實上，真的有些人成世大吃大喝都不會肥，但是並非全部人是這樣。或者，你看見我現在的身型，定會覺得我是擁有這種「食極唔肥」基因的人，那麼你只是估中一半，我可以肯定地告訴你，「食極唔肥」這個魔咒在我廿多歲時已開始失效了。

廿來歲時，開始返朝九晚六的工作，大部份時間都在辦公室內坐，甚少外出，有時連午飯都在公司內吃，然後來個小睡。放工後，又甚少做運動，於是開始出現小肚腩。幸好地，當年未懂飲酒，又不是太熱切地追求美食，所以還可以控制得到，未至於失控地讓肚腩嚴重脹大。

1.美食當前，有時都忍唔到咁多，食咗先算，最多下一餐減輕份量咯。(尖沙咀唐人館)
2.據說早上飲杯黑咖啡，可以有助消去面腫，當然，走奶走糖亦相對地較為健康。(尖沙咀 N1 Coffee)

性格使然

或許，令我不易致肥的原因，不是什麼基因，而是自律的性格，我做任何事都不會過火，飲食方面亦如是。

我其實並不太好零食，自己甚少主動買來吃，人家請我吃薯片，都只會吃些少，然後推說「怕熱氣呀」，而停止再吃。話時話，「熱氣」好多時並不是藉口，真的會令我生暗瘡、咳嗽等等，總之一想到又會病又會唔靚仔，就自然會減少吃零食。

少甜少奶少冰

另一樣較少吃的食物是甜品，我雖然未至少戒吃，但大部份時間對待甜品都是採取淺嚐的態度，就算去吃自助餐，甜品的比重都明顯較少，最多只吃三數件。雖然都算是一位寫了過千篇食評的飲食博客，卻好像想不起那一篇是專門講甜品店的大作，所以我真的不能當甜品專家。從另一角度看，這樣也好，或者可以立志當一位教人食極唔肥的專家吧。

除此之外，近年飲咖啡亦極少加奶，也只會加極少的糖，早上通常都飲一杯黑咖啡，據說黑咖啡可以消消早上的面腫喎。其實我並不是為了這個原因飲黑咖啡的，只不過是單純的不想飲奶罷了。至少凍飲，則要求盡量少冰，甚至走冰，亦即是盡量少叫凍飲咯。

啊，差點忘記了一樣，就是飲酒呢。酒都是一種致命的增肥物品，超多糖份的。但是我都幾鍾意飲酒，怎能戒呢？唯有量力而飲，我亦甚少一口氣「乾杯」，所以一向甚少飲醉。

說了這麼多，大家定會認為我是個極度節制的人，好像所有東西都「就住就住」。這個什麼都適量又少量的人，可能在某些人眼中是個大悶蛋，都唔好玩嘅。

從另一角度睇，就是因為想長玩長有，才需要節制自己，飲和食都不能過量。我還想六十歲後繼續寫食評的，試問又怎能不注意自己的健康呢。

當然，運動都是幫助人達到食極唔肥的重要一環，留待下一篇再談吧。

飲食與馬拉松

既要大吃大喝又要玩長跑，真的幾矛盾，正面點去看，
我會當作是一種訓練自制能力的挑戰，難度是高的，
但並非不可能。

接上一篇有關食極唔肥的題目，談及有些人怎樣大飲大食都不會肚皮脹，我已經不敢認自己是這類人了。

我以前不相信飲啤酒一定會出現啤酒肚，但隨著年紀越大，便發覺飲得啤酒多真的會令腰間失守。食一餐豐富的晚餐，第二日或許都可以消化到，但飲一大杯啤酒，肚皮就會馬上現形，現在要至少兩日才消化得完啤酒帶來的胃脹。

因此，講什麼節制飲食都是假的，唯有勤做運動，才能保持體態。

我自小是一個好少好少做運動的人，是上體育課時跑幾個圈都頂唔住那種。加上天生笨手笨腳，反應遲鈍過人，所有球類活動都跟不上，因而早就放棄了運動這回事。

作者曾遠赴海外參加馬拉松比賽，圖為他於 2018 年參加日本世界遺產姬路城馬拉松時的情境。

從何時開始喜歡跑步？

跑步跟寫作一樣，開始時都只因為得閒無嘢做，並非講笑，是真的。在我三十幾歲時，有幾年真的有好多閒餘時間，那時剛剛興起「寫 Blog」這東西，於是便學人開了個 Blog，當日記般寫，也給我一個情緒發洩的窗口。

另一個發洩情緒的方式是跑步，最初幾年只是沒有目標地每次跑幾個圈而已，既沒有計時間，也從不紀錄速度，通常每次只是跑幾分鐘至半小時之內。每次跑完之後，頓覺身心都輕鬆了，什麼不如意事都可以暫時拋諸腦後。

不認真地寫作和沒有目標地運動，是兩件不相同但又同時發生的事，這種狀況持續了好幾年。直至有一年，母親離世後，忽然覺得應該為自己的生活困局找個出口，可是卻苦無頭緒，身邊只有兩件正在持續做的事，就是寫作和跑步，於是便對此兩件事同時認真起來。

參加馬拉松比賽

人生首次參加的長跑比賽是 2013 年的香港渣馬十公里賽，在參加之前，我從未試過跑得完十公里，連跑五公里都感到有點吃力。到了認真練習時，也要幾經辛苦才達到十公里的目標，幸好最終都完成了比賽，為自己在運動方面加了一支強心針。

以我這個三十幾歲才出道的業餘長跑玩家來說，跑速和時間並不是重點，通過該段日子的十公里練習，除了正式把跑步變成嗜好外，也令我在各方面都增加了不少自信。

十公里只是熱身，連續跑過兩年的十公里賽後，便開始挑戰更長的距離，接著就跑過幾次不同機構舉辦的半馬賽。這樣地跑了兩三年之後，以為自己掂了，更膽粗粗地跑全馬，而且還要在海外城市跑，結果是每次都非常艱難才能完成。

執筆之時，剛剛完成了個人第三次的四十二公里全程馬

拉松，雖然跑出的成績呢，實在不好意思大肆宣揚，但是至少取到完賽牌，我感到好滿意喇。

矛盾只因深愛著

初期練長跑的時候，沒有想過減肥的問題，因為我根本沒肥可減，講笑而已。到了後來開始寫食評，更越寫越多兼越起勁，就換來大量的飯局，兼頻密的酒會。於是由那時起，就覺得不得不勤加跑步，因為真的要為健康和身型著想。

分享飲食早已不再是單純興趣那麼簡單，而是一項融入了我日常生活的事業，已經很難從生活中切割開來了。跑步於我來說，未去到像寫作那樣非做不可，卻亦成為了生活一部分。當處於不用為馬拉松比賽訓練時，無錯是會疏於練跑，但有時仍會身痕起來，唔跑唔安樂似的。

既要大吃大喝又要玩長跑，真的幾矛盾，正面點去看，我會當作是一種訓練自制能力的挑戰，難度是高的，但並非不可能。

每次在馬拉松練習期間，我並沒有刻意戒任何酒精和食物，酒會照去，煎炸食物照吃，只是減量和頻密程度，例如練習日便一定滴酒不沾。

1. 練長跑前要加足夠的碳水化合物，又要充足糖份，一碗薑汁蕃薯糖水就同時解決到兩個問題。(深水埗松記糖水)
2. 個人喜歡吃米飯，海南雞飯是運動前後補充能量的首選，與其說喜歡吃海南雞，不如說更愛油飯吧。(銅鑼灣天天海南雞飯)

視兩者為終生興趣

到了比賽前一個月的練習高峰期，便把跑步作為重要日程，飯局可以不去就盡量拒絕，以確保在最佳狀態下跑步。

沒有專人教我怎樣跑步，全都是從網上或書本上參考別人的經驗，然後根據自己的生活狀況而調整，我的寫作生涯亦如是，都是自學的。

練習超過二十公里的長跑前，要吸收大量的碳水化合物，跑手們稱之為「加碳」，那就正合我意，因為我真的喜歡吃米飯類食物，有飯吃的話，其他餸菜也自然會吃得比較多。正因為有大運動量包底，大吃之後不需要內疚，只要第二天跑個十公里或以上就可以加快消化掉多餘的脂肪。

跑步和飲食這兩樣興趣，都可以視作終生事業。不過，當我七八十歲後，身體未必容許我繼續跑，到時或許還可以繼續享受美食。但是，假如既跑不動，又不能自如地吃的話，那麼，還會剩低什麼人生樂趣呢？或者，到時就會是我離開人世的時候了。

好又一餐唔好又一餐

吃這個動作只是一時的慾望，第二朝就會消化掉，
就算今餐吃得不太好，明天也可以補償返。

這天黃昏，忽然有飲酒的慶致，於是便獨個兒來這間位於高樓大廈頂樓的酒吧餐廳，點了杯雞尾酒，還吃了些輕巧的東西，足足坐了兩個小時才離去。

說是為了飲酒，倒不如說是為了看夜景而來。以前覺得看維港夜景這回事，是遊客才會做的。土生土長如我，由細望著同一個維港望到大，究竟還有什麼好看呢？

或許，到高空酒吧離遠望海景這種事，跟飲酒一樣，都是到了某個階段才懂得欣賞的。但是，年代不同了，現在打開 Instagram，會發現很多十來廿歲的年輕人已經很懂得享受生活，莫講話去這類高檔酒吧餐廳，就算幾靚的酒店，他們都住過。

而我就沒有這種命水了，在廿來歲的時候，既沒有錢又沒有時間，等到四十歲後，才開始學習怎樣去享受人生，雖然是遲了一點，但斷估都仲有大把時間給我享受吧。

飲著這杯像鮮血顏色的微辣 Bloody Mary，望著腳底下的維港夜景，不禁令我想起在人生谷底的那些日子。

頭頭碰著黑的日子

一個人黑起上來，真的會是頭頭碰著黑的。以為這份工作已經是衰到無可再衰，誰知人生就是沒有最衰，只有更衰。在那幾年的日子，我就是在爛公司返工一段時間，然後失業一段時間，找到再爛一點的公司，再失業，又在比前更爛的公司返工，又再失業，這個循環足足持續了約六年，生活狀況辣過手上這杯 Bloody Mary 許多倍。

那六年間，其實已經開始寫 Blog，但沒有露面（早知一開始就賣樣啦，真後悔）。最初寫的都是一些生活瑣碎事，當作發洩情緒也好的。亦慶幸有 Blog 作伴，否則都唔知自己是否頂得住。

最初幾年，甚少寫類似食評的文章，梗係啦，工作又不穩定，哪有閒錢去食好東西呢。

的確，那幾年夜晚甚少出街吃飯，多數在家自己煮，我的廚藝由非常不精，練到後來總算吃到入口有餘。如果讀者們有留意我早期在網誌的文章，會發覺分享食譜的帖子比餐廳食評為多。就是因為窮咯，所以才鑽研一些簡單又便宜的烹煮菜譜，也許是一種苦中作樂的方法吧。

1. 就算身在高級酒吧內，看著底下的維港景，都不要忘記寫作的初衷。
2. 傳統的 Bloody Mary 就飲得多，這杯變奏版用上日本清酒，還加了些辣紫蘇葉，增添東洋辣味。

1&2. 地點：尖沙咀 Aqua Spirit

3.車仔麵向來是窮人恩物，一碗三餸麵才三十多元，如果食量不大的話，加杯豆漿都夠飽的。(九龍灣文記傳統車仔麵)
4.平平地吃個腸粉一樣可以當午餐，而且一樣吃得很快樂。(深水埗合益泰小食)

至於午餐，那時期都盡量以節儉為主，有時只吃一碗麵甚至一個大的麵包加杯飲品就夠，下午四點肚餓時就吃塊餅，那就剛剛好了。

大家去那間瑞典傢俬店時，有否留意他們的小食部有個熱狗餐呢？大約十年前（即 2010 年）時，該傢俬店的熱狗餐只賣港幣十元，已經有一個熱狗加一大杯可樂，可謂是窮人救星。你以為稀奇嗎？那時幫襯的人客果真不少的，香港窮人查實多的是，大把人陪伴我，所以當時並不覺得羞恥。

當一個人習慣了憂柴憂米，對食物的價格自然會比較敏感。到現在，我雖然手頭比當年鬆動了，但每次看餐牌時，仍然會先看價錢，後看食物，就算明知餐牌上最貴的都吃得起，都不會亂點菜，寧願揀個中間價位的餐，令自己心理上感到舒服一點。

邊緣回望

這晚身處高空酒吧，除飲了杯 Cocktail 外，亦吃了些貴價刺身，間中離一離地，我還負擔得起的。

正所謂「好又一餐唔好又一餐」，有時候，吃什麼其實無所謂，只睇心情。「吃」這個動作只是一時的慾望，第二朝就會消化掉，就算今餐吃得不太好，明天也可以補償返。

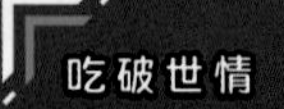

現在回望捱窮的日子，其實又並不算特別苦，只是比起今天，當年是吃得比較簡單和隨意，亦沒有那麼講究飲食細節。現在雖然叫做略懂欣賞美食，又對飲食文化有著很大的興趣，也不忘時時要提醒自己，勿忘掉寫作飲食的初衷。

寫作既為了跟別人分享文字和資訊，最重要目的還是為了讓自己快樂，所以時刻要提醒自己不要純粹為取悅讀者而把文字變質，讓我緊記這點，把這份寫作精神好好持續下去吧。

吃破世情

作者：Kelvin Leung 梁逸飛
編輯：Cherry
封面設計：Steve
排版：Leona
出版：博學出版社
地址：香港香港中環德輔道中 107-111 號
余崇本行 12 樓 1203 室
出版直線：(852) 8114 3294
電話：(852) 8114 3292
傳真：(852) 3012 1586
網址：www.globalcpc.com
電郵：info@globalcpc.com
網上書店：http://www.hkonline2000.com
發行：聯合書刊物流有限公司
印刷：博學國際
國際書號：978-988-79343-4-9
出版日期：2019 年 5 月
定價：港幣 $98

Published and Printed in Hong Kong